花间集

（唐）温庭筠等◎著　赵崇祚◎编

中国华侨出版社
北京

图书在版编目（CIP）数据

花间集／（唐）温庭筠等著；赵崇祚编. —北京：中国
华侨出版社，2018.4

ISBN 978-7-5113-7588-9

Ⅰ.①花… Ⅱ.①温… ②赵… Ⅲ.①词（文学）—
作品集—中国—古代 Ⅳ.①I222.82

中国版本图书馆 CIP 数据核字（2018）第 041286 号

花间集

著　　者／（唐）温庭筠等
编　　者／赵崇祚
策划编辑／周耿茜
责任编辑／高文喆　王　委
责任校对／王京燕
封面设计／胡椒设计
经　　销／新华书店
开　　本／880 毫米×1230 毫米　1/32　印张／9　字数／188 千字
印　　刷／香河利华文化发展有限公司
版　　次／2018 年 5 月第 1 版　2018 年 5 月第 1 次印刷
书　　号／ISBN 978-7-5113-7588-9
定　　价／36.00 元

中国华侨出版社　北京市朝阳区静安里 26 号通成达大厦 3 层　邮编：100028
法律顾问：陈鹰律师事务所
编辑部：（010）64443056　64443979
发行部：（010）64443051　传真：（010）64439708
网　　址：www.oveaschin.com
E-mail：oveaschin@sina.com

目录

| 花 | 间 | 集 |

花间集叙

武德军节度判官司欧阳炯[1]撰

　　镂玉雕琼[2]，拟化工[3]而迥巧；裁花剪叶，夺春艳以争鲜。是以唱云谣则金母词清[4]，挹霞醴则穆王心醉[5]。名高《白雪》[6]，声声而自合鸾歌[7]；响遏行云，字字而偏谐凤律[8]。《杨柳》《大堤》[9]之句，乐府相传；《芙蓉》《曲渚》之篇，豪家自制。莫不争高门下，三千玳瑁之簪[10]；竞富樽前，数十珊瑚之树[11]。则有绮筵公子，绣幌佳人，递叶叶之花笺，文抽丽锦；举纤纤之玉指，拍按香檀[12]。不无清绝之词，用助娇娆之态。自南朝之宫体[13]，扇北里[14]之娼风。何止言之不文[15]，所谓秀而不实。有唐已降，率土之滨[16]，家家之香径春风，宁寻越艳；处处之红楼夜月，自锁嫦娥。在明皇朝[17]，则有李太白应制[18]《清平乐》词四首，近代温飞卿复有《金荃集》，迩来[19]作者，无愧前人。今卫尉少卿字弘

基[20]，以拾翠洲边，自得羽毛之异；织绡泉底，独殊机杼之
功。广会众宾，时延[21]佳论。因集近来诗客曲子词[22]五百首，
分为十卷。以炯粗预知音，辱请命题，仍为叙引。昔郢人有歌
《阳春》者，号为绝唱，乃命之为《花间集》。庶使西园[23]英
哲，用姿羽盖[24]之欢；南国婵娟，休唱莲舟之引[25]。

时大蜀广政三年[26]夏四月日叙。

【注释】

[1] 欧阳炯：（896—971年）五代词人。益州华阳（今四川成都）
人。其词见于《花间集》《尊前集》。

[2] 镂玉雕琼：原指雕刻琼玉，形容花费工夫仔细打磨。

[3] 化工：此处指自然的创造力。

[4] 云谣：即白云谣。相传，穆天子与西王母宴饮于瑶池之上，
西王母为天子谣，因首句为"白云在天"，故名白云谣。金母：指西
王母。

[5] 艳霞醴：酌仙酒。穆王：即穆天子。

[6] 《白雪》：古代名曲名。相传为师旷所作。

[7] 鸾歌：鸾鸣。

[8] 凤律：即音律。《吕氏春秋·古乐》有记载："听凤凰之鸣，
以别十二律。"故称音律为凤律。

[9] 《杨柳》《大堤》：古代乐府曲名。

[10] 玳瑁之簪：有玳瑁装饰的簪。三千玳瑁之簪：此处形容来客
众多且富有。用《史记·春申君传》平原君与春申君夸富的典故。

[11] 数十珊瑚之树：用石崇与王恺以珊瑚树争豪的典故。

[12] 拍按香檀：指以檀板为节拍。

［13］宫体：宫体诗，指南朝梁"伤于轻艳"的诗风。

［14］北里：唐朝长安城平康里，因在城北，也称北里，当时是妓院所在地。

［15］不文：指不文雅。

［16］率土之滨：指境城之内。

［17］明皇朝：唐玄宗李隆基在位时期（712—756 年）。

［18］应制：受皇帝命而作。李太白有应制《清平乐》词四首，见《尊前集》。

［19］迩来：近来。

［20］弘基：《花间集》编辑者赵崇祚，字弘基，生平事迹不详。赵崇祚编此集时任卫尉少卿。

［21］延：收纳。

［22］曲子词：词的别称。

［23］西园：三国魏邺都的西园，魏文帝曹丕集文学侍从之臣游宴、赏月的地方。后来代指游宴地。

［24］羽盖：以翠羽为饰的车盖。

［25］莲舟之引：即采莲曲，乐府清商曲辞。

［26］大蜀广政三年：后蜀年号，即 940 年。

温庭筠
六十六首

　　温庭筠（约 812—866 年），本名温岐，字飞卿，温庭筠为艺名，唐朝并州祁县（今山西晋中祁县）人，晚唐著名诗人、词人。他精通音律、工诗词，时人将之与李商隐合称"温李"。温庭筠的诗辞藻华丽，浓艳精致，内容写闺情为主，写时政为辅。温庭筠词的艺术成就在晚唐所有词人之上，被人尊称为"花间词派的鼻祖"。

菩萨蛮

其一

小山重叠金明灭，鬓云欲度香腮雪。

懒起画蛾眉，弄妆梳洗迟。

照花前后镜，花面交相映。

新帖绣罗襦，双双金鹧鸪。

【注释】

小山：即小山眉，古代女子眉妆的名目，是一种看起来弯弯的眉妆。还有一种理解是：小山指屏风上的图案，由于屏风是折叠的，所以说小山重叠。

金：指唐代妇女眉际装饰的额黄，即在额上涂的黄色。

金明灭：形容阳光照在屏风上金光闪闪的样子，一说指额黄有所退落，明暗不匀。

鬓云欲度：鬓发缭乱如云，低垂下来，将掩面未掩面。

香腮雪：指妇女洁白如雪的香腮。

照花：指唐代妇女对镜簪花，用前镜后镜对照，以观看头后部的装饰。

双双：指妇女罗襦上用金线绣的成双的鹧鸪鸟。

其二

水晶帘里玻璃枕，暖香惹梦鸳鸯锦。

江上柳如烟，雁飞残月天。

藕丝秋色浅，人胜参差剪。

双鬓隔香红，玉钗头上风。

【注释】

鸳鸯锦：指绣有鸳鸯图案的锦被。

藕丝秋色浅：指女子的衣着。藕丝借代藕合色丝绸做成的衣服。

人胜：人形首饰，也叫花胜、春胜，是古人用彩纸或者金箔纸剪刻而成的一种饰品，可以贴在屏风上，也可以戴在头上。唐朝的风俗在正月初七（又称人日）剪彩为人形，戴在头上，以迎接春天的到来。当时的妇女尤其喜欢这种活动。

香红：借指女子的容貌。因两鬓乌发，衬托出女子脸颊红润。

风：指因走动而生风。

其三

蕊黄无限当山额，宿妆隐笑纱窗隔。

相见牡丹时，暂来还别离。

翠钗金作股，钗上蝶双舞。

心事竟谁知，月明花满枝。

【注释】

蕊黄：指女子的黄额妆。古代妇女化妆主要是施朱傅粉，六朝到唐朝期间，女妆常用黄点额，因看起来像花蕊，所以也称为蕊黄。

宿妆：隔夜的装饰。

隐笑：浅浅的笑，微微的笑。

牡丹时：牡丹开花的时节，此处指代暮春。

暂：一时间，指时间非常短。

其四

翠翘金缕双鸂鶒，水纹细起春池碧。

池上海棠梨，雨晴红满枝。

绣衫遮笑靥，烟草粘飞蝶。

青琐对芳菲，玉关音信稀。

【注释】

鸂鶒：一种长得像鸳鸯但比鸳鸯大的紫色的水鸟，喜欢雄雌并游，又叫紫鸳鸯。

海棠梨：又名海红，甘棠，二月开红花，八月果熟。一说指海棠花。

笑靥：指人笑时脸上出现的酒窝。

烟草：草色如烟，指春草茂盛。

青琐：装饰在皇宫门窗的青色连环花纹，此处指雕刻着格花的门窗。

玉关：玉门关，此处泛指边关。

其五

杏花含露团香雪，绿杨陌上多离别。

灯在月胧明，觉来闻晓莺。

玉钩褰翠幕，妆浅旧眉薄。

春梦正关情，镜中蝉鬓轻。

【注释】

月胧明：指月色朦胧。

褰：提起，挂起的意思。

旧眉薄：旧眉指昨天所画的黛眉，因隔夜而颜色变浅，故称
"薄"。

关情：涉及、牵连别后的情思。

其六

玉楼明月长相忆，柳丝袅娜春无力。

门外草萋萋，送君闻马嘶。

画罗金翡翠，香烛消成泪。

花落子规啼，绿窗残梦迷。

【注释】

玉楼：古代对闺楼的美称。

袅娜：形容细长柔美。

春无力：即春风无力，形容春风柔和。

草萋萋：指春草茂盛的样子。此处借春草起兴，引发思远怀人的意绪。

画罗：指罗帷上画有金色的翡翠鸟。

翡翠鸟：指翠鸟。

子规：即杜鹃鸟，此鸟常常在夜间啼叫，其叫声如"不如归去"，非常凄切，古人常常借此抒发悲苦哀怨之情。

绿窗：代指闺人居室。

其七

凤凰相对盘金缕，牡丹一夜经微雨。

明镜照新妆，鬓轻双脸长。

画楼相望久，栏外垂丝柳。

音信不归来，社前双燕回。

【注释】

凤凰相对盘金缕：指用金丝线盘绣在衣裳上面的凤凰相对而飞的图案。

画楼：指闺楼。

社前：社日之前。社日是古代祭祀谷神的日子，有春社和秋社之分。春社在立春后，是燕子归来的时节。

其八

牡丹花谢莺声歇，绿杨满院中庭月。

相忆梦难成，背窗灯半明。

翠钿金压脸，寂寞香闺掩。

人远泪阑干，燕飞春又残。

【注释】

牡丹花谢：代指春天已过。

翠钿：指用翡翠珠玉制作而成的首饰。

压：遮掩。

阑干：形容眼泪纵横的样子。

其九

满宫明月梨花白，故人万里关山隔。

金雁一双飞，泪痕沾绣衣。

小园芳草绿，家住越溪曲。

杨柳色依依，燕归君不归。

【注释】

关山：泛指边塞。

金雁：此处指远方亲人来信。古代有鸿雁传书的说法。

越溪曲：越溪，即若耶溪，相传为越国美女西施浣纱之溪。曲：
形容深隐。

其十

宝函钿雀金鸂鶒，沉香阁上吴山碧。

杨柳又如丝，驿桥春雨时。

画楼音信断，芳草江南岸。

鸾镜与花枝，此情谁得知。

【注释】

宝函：一说指枕函，即枕头套；一说指梳妆盒。

钿雀：指有雀鸟装饰的钗。

沉香阁：泛指精美的亭阁。

吴山：又名胥山，在浙江杭州西湖东南。

鸾镜：指饰有鸾鸟图案的镜子。

其十一

南园满地堆轻絮，愁闻一霎清明雨。

雨后却斜阳，杏花零落香。

无言匀睡脸，枕上屏山掩。

时节欲黄昏，无聊独倚门。

【注释】

一霎：一阵子。

却：再，又的意思。

匀：匀面。因睡起面妆模糊，故用手搓脸，使脂粉匀净。

屏山：曲折如山的屏风。

其十二

夜来皓月才当午，重帘悄悄无人语。

深处麝烟长，卧时留薄妆。

当年还自惜，往事那堪忆。

花落月明残，锦衾知晓寒。

【注释】

当午：此处指月在中天。

薄妆：淡妆。古代妇女秾妆高髻，梳妆不易，睡时稍留薄妆，支枕以睡，使发髻不至于散乱。

其十三

雨晴夜合玲珑日，万枝香袅红丝拂。

闲梦忆金堂，满庭萱草长。

绣帘垂簏簌，眉黛远山绿。

春水渡溪桥，凭栏魂欲消。

【注释】

夜合：又名合欢。古时将之赠人，以消怨合好。

玲珑：空明。

金堂：华丽的厅堂。

萱草：一种草本植物，又名忘忧草，传说种植此草可以使人忘忧。

眉黛远山：用黛画眉，秀丽如远山。

其十四

竹风轻动庭除冷，珠帘月上玲珑影。

山枕隐秾妆，绿檀金凤凰。

两蛾愁黛浅，故国吴宫远。

春恨正关情，画楼残点声。

【注释】

庭除：指庭前台阶。

山枕：枕头形状如山。

绿檀：指檀枕。

金凤凰：此处指金凤钗。

两蛾：即双眉。

吴宫：吴地宫阙。此处暗用西施入吴的典故。

残点声：残漏将尽的声音。古时用漏壶计时，残漏将尽表示天快要天亮了。

更漏子

其一

柳丝长，春雨细，花外漏声迢递。

惊塞雁，起城乌，画屏金鹧鸪。

香雾薄，透帘幕，惆怅谢家池阁。

红烛背，绣帘垂，梦长君不知。

【注释】

漏声：指古代计时用的漏壶滴漏的声音，也指根据漏壶计时打更报点的声音。

迢递：遥远。

谢家池阁：原指唐朝李德裕妾谢秋娘居所的地方，后泛指佳人所居的豪华池阁。

红烛背：一说指背向红烛，一说以物遮住红烛，使其光线不向人直射。

其二

星斗稀，钟鼓歇，帘外晓莺残月。

兰露重，柳风斜，满庭堆落花。

虚阁上，倚栏望，还似去年惆怅。

春欲暮，思无穷，旧欢如梦中。

【注释】

兰露重：兰草早晨露浓重。

虚阁上：指登上空阁。

旧欢：旧时的欢乐。

其三

金雀钗，红粉面，花里暂时相见。

如我意，感君怜，此情须问天。

香作穗，蜡成泪，还似两人心意。

山枕腻，锦衾寒，觉来更漏残。

【注释】

香作穗：香烧成灰烬，像穗一样坠落下来。此处用来借喻男子心如死灰。

其四

相见稀，相忆久，眉浅淡烟如柳。

垂翠幕，结同心，侍郎熏绣衾。

城上月，白如雪，蝉鬓美人愁绝。

宫树暗，鹊桥横，玉签初报明。

【注释】

蝉鬓：古代妇女的一种发式。

宫树暗：破晓时，庭院中的树影转暗。

鹊桥横：星星移动。借指天即将亮了。

玉签：指漏签，即报更所用的竹签，上面标有刻度，用来计时。

其五

背江楼，临海月，城上角声呜咽。

堤柳动，岛烟昏，两行征雁分。

京口路，归帆渡，正是芳菲欲度。

银烛尽，玉绳低，一声村落鸡。

【注释】

角：古乐器名，古人常将其用作军号。

京口：今江苏镇江京口区。

玉绳：星名，北斗第五星的北边两星。

其六

玉炉香，红蜡泪，偏照画堂秋思。

眉翠薄，鬓云残，夜长衾枕寒。

梧桐树，三更雨，不道离情正苦。

一叶叶，一声声，空阶滴到明。

【注释】

梧桐：一种落叶乔木，古人以为它是凤凰栖止的树木。

不道：不管，不顾，不理会。

归国遥

其一

香玉，翠凤宝钗垂簏簌。

钿筐交胜金粟，越罗春水绿。

画堂照帘残烛，梦余更漏促。

谢娘无限心曲，晓屏山断续。

【注释】

香玉：指代头饰。

簏簌：钗上的穗。

钿筐：镶嵌金、银、玉、贝等物的小簪。

越罗：指用越罗制成的衣服，色绿如春水。

谢娘：泛指闺中女子。

心曲：心绪、心思。

其二

双脸，小凤战篦金飐艳。

舞衣无力风敛，藕丝秋色染。

锦帐绣帷斜掩，露珠清晓簟。

粉心黄蕊花靥，黛眉山两点。

【注释】

小凤：指形如小凤的梳发用的篦。

战：战通颤，颤动的意思。

金飐艳：指金光闪闪，艳丽耀眼。

簟：即竹席。

花靥：古代妇女的面部妆饰。

酒泉子

其一

花映柳条，闲向绿萍池上。

凭栏干，窥细浪，雨萧萧。

近来音信两疏索，洞房空寂寞。

掩银屏，垂翠箔，度春宵。

【注释】

疏索：稀疏冷落。两疏索指双方都没有得到对方的音信。

箔：此处指竹帘子。

其二

日映纱窗，金鸭小屏山碧。

故乡春，烟霭隔，背兰釭。

宿妆惆怅倚高阁，千里云影薄。

草初齐，花又落，燕双双。

【注释】

金鸭：鸭形的用金银雕刻而成的香炉。

背：此处指熄灭。

兰釭：用兰膏点的灯，代指制作非常精致的灯具。

其三

楚女不归，楼枕小河春水。

月孤明，风又起，杏花稀。

玉钗斜簪云鬟髻，裙上金缕凤。

八行书，千里梦，雁南飞。

【注释】

楚女：古代楚地的女子，此处指抒情的主人公，一个身世飘零的女伎。

八行书：此处代指书信。

其四

罗带惹香，犹系别时红豆。

泪痕新，金缕旧，断离肠。

一双娇燕语雕梁，还是去年时节。

绿阴浓，芳草歇，柳花狂。

【注释】

红豆：又名相思子。

金缕旧：指金丝绣衣已经穿旧，暗指离别的时间很久了。

定西番

其一

汉使昔年离别。攀弱柳，折寒梅，上高台。

千里玉关春雪，雁来人不来。

羌笛一声愁绝，月徘徊。

【注释】

汉使：代指出使番邦的使者。

攀弱柳：古人攀折柳枝，以此表示赠别。

折寒梅：古人折梅寄远，表达思念之情。

上高台：古代的征夫游子，登高望远，寄托思乡之情。

千里玉关：泛指边塞。

其二

海燕欲飞调羽。萱草绿，杏花红，隔帘栊。

双鬓翠霞金缕，一枝春艳浓。

楼上月明三五，琐窗中。

【注释】

帘栊：窗帘和窗。

翠霞金缕：代指华丽的首饰。

三五：此处指每月农历十五的夜晚。

琐窗：指雕刻有花纹的窗。

其三

细雨晓莺春晚。人似玉，柳如眉，正相思。

罗幕翠帘初捲，镜中花一枝。

肠断塞门消息，雁来稀。

【注释】

肠断：借喻对情人极度思念。

杨柳枝

其一

宜春苑外最长条，闲袅春风伴舞腰。

正是玉人肠绝处，一渠春水赤栏桥。

【注释】

宜春苑：秦朝时的宫苑。

长条：指细长柔软的柳条。

赤栏桥：长安城郊区的桥名。隋朝时，香积渠的水流经此桥入
京城。

其二

南内墙东御路傍，须知春色柳丝黄。

杏花未肯无情思，何事行人最断肠。

【注释】

南内：唐时兴庆宫。

未肯：未必的意思。

何事：此处指为何、何故的意思。

其三

苏小门前柳万条，毵毵金线拂平桥。

黄莺不语东风起，深闭朱门伴舞腰。

【注释】

苏小：即苏小小，南朝齐时钱塘名妓。

毵毵金线：柳丝纤长嫩黄如金线，形容柳树的条非常细长。

朱门：豪贵家的大门，指代贵族。

其四

金缕毵毵碧瓦沟，六宫眉黛惹香愁。

晚来更带龙池雨，半拂栏干半入楼。

【注释】

碧瓦沟：琉璃瓦瓦楞之间的泄水沟。

六宫眉黛：代指皇帝的嫔妃。

龙池：在兴庆宫内，相传这里"常有云气，或见黄龙出其中，谓之龙池"。

其五

馆娃宫外邺城西，远映征帆近拂堤。

系得王孙归意切，不关芳草绿萋萋。

【注释】

馆娃宫：春秋时吴国的宫殿名。

邺城：三国时魏国首都。

王孙：此处代指游子。

不关：不相关的意思。

其六

　　两两黄鹂色似金，袅枝啼露动芳音。

　　春来幸自长如线，可惜牵缠荡子心。

【注释】

芳音：形容啼声优美清脆。

幸自：本自。

可惜：此处指可爱，赞美之辞。

荡子：指久行在外、流荡忘返的人。

其七

　　御柳如丝映九重，凤凰窗映绣芙蓉。

　　景阳楼畔千条路，一面新妆待晓风。

【注释】

九重：古代天子所居之处有九门，此处代指皇宫。

凤凰窗：指宫内的雕窗。

绣芙蓉：指绣帐。

景阳：宫名。

新妆：指楼中佳人的晓妆。

其八

织锦机边莺语频，停梭垂泪忆征人。

塞门三月犹萧索，纵有垂杨未觉春。

【注释】

织锦：此处指前秦苏蕙织锦为回文璇玑图的典故。

南歌子

其一

手裹金鹦鹉，胸前绣凤凰，偷眼暗形相。

不如从嫁与，作鸳鸯。

【注释】

暗形相：暗中端详、打量。

从嫁与：就这样嫁给他。

其二

似带如丝柳，团酥握雪花，帘卷玉钩斜。

九衢尘欲暮，逐香车。

【注释】

似带如丝柳：指女子纤腰细如柳。

九衢：四通八达的道路。

香车：装饰豪华的车。

其三

鬓堕低梳髻，连娟细扫眉，终日两相思。

为君憔悴尽，百花时。

【注释】

连娟细扫眉：形容女子的眉毛画得娟秀细长，看起来秀丽俊俏。

其四

脸上金霞细，眉间翠钿深，倚枕覆鸳衾。

隔帘莺百啭，感君心。

【注释】

鸳衾：绣有鸳鸯的被子，暗指女子独守空房。

其五

扑蕊添黄子，呵花满翠鬟，鸳枕映屏山。

明月三五夜，对芳颜。

【注释】

扑蕊：取花蕊以饰额背。

黄子：指额黄、花黄。

呵花：吹去花上露珠。

其六

转盼如波眼，娉婷似柳腰，花里暗相招。

忆君肠欲断，恨春宵。

【注释】

转盼：指目光转动。

暗相招：偷偷地发出约会的信函。

其七

懒拂鸳鸯枕，休缝翡翠裙，罗帐罢炉熏。

近来心更切，为思君。

【注释】

罗帐罢炉熏：不再用炉香熏暖罗帐，暗指因相思没心思去梳妆
打扮。

河渎神

其一

河上望丛祠，庙前春雨来时。

楚山无限乌飞迟，兰棹空伤别离。

何处杜鹃啼不歇，艳红开尽如血。

蝉鬓美人愁绝，百花芳草佳节。

【注释】

丛祠：建在乡野林间的神祠。

兰棹：指用兰香木造的船，泛指非常精美豪华的船。

其二

孤庙对寒潮，西陵风雨萧萧。

谢娘惆怅倚兰桡，泪流玉箸千条。

暮天愁听思归乐，早梅香满山郭。

回首两情萧索，离魂何处飘泊。

【注释】

西陵：指西陵峡，又名巴峡，长江三峡之一。

兰桡：兰桨，此处代指船。

兰箸：箸是筷子，这里指流泪，形容泪珠下流，条条如同兰箸。

思归乐：杜鹃鸟的别名，杜鹃鸟的鸣声近似"不如归去"。

山郭：指山的四周。

其三

铜鼓赛神来，满庭幡盖徘徊。

水村江浦过风雷，楚山如画烟开。

离别橹声空萧索，玉容惆怅妆薄。

青麦燕飞落落，捲帘愁对珠阁。

【注释】

铜鼓：指古代西南少数民族常用的一种乐器。

赛神：赛神会，又称赛会。唐朝风俗，在神诞生之日，具备仪仗、金鼓、杂戏等，迎神出庙，周游街巷。

幡盖：赛会时迎神用的幡幢华盖之类。

过风雷：指迎神的车，行如风，声如雷。

青麦：指青麦时节，约在农历三月。

女冠子

其一

含娇含笑，宿翠残红窈窕。

鬓如蝉，寒玉簪秋水，轻纱卷碧烟。

雪胸鸾镜裹，琪树凤楼前。

寄语青娥伴，早求仙。

【注释】

宿翠残红：指女子脸上的隔夜残妆，未重新打扮。

寒玉：玉簪清凉如秋水。

琪树：指仙家的玉树。

凤楼：传说中萧史弄玉居住的楼阁。

青娥伴：指身边的美女。

早求仙：此处指入道观为女冠。

其二

霞帔云发，钿镜仙容似雪。

画愁眉，遮语回轻扇，含羞下绣帏。

玉楼相望久，花洞恨来迟。

早晚乘鸾去，莫相遗。

【注释】

霞帔：有花纹的披肩，此处特指道士服。

云发：指头发如云。

花洞：道家称仙人或道士住的地方为花洞，此处特指女冠所居住
的地方。

乘鸾去：指成仙升天。

清平乐

其一

上阳春晚，宫女愁蛾浅。

新岁清平思同辇，怎那长安路远。

凤帐鸳被徒燻，寂寞花锁千门。

竞把黄金买赋，为妾将上明君。

【注释】

上阳：即上阳宫，唐朝的宫殿名。

清平：太平的意思。

同辇：与皇帝同车出行。

怎那：此处通怎奈。

黄金买赋：典出司马相如《长门赋序》："汉武皇帝陈皇后，时得幸颇妒，别在长门宫，愁闷悲思，闻蜀郡司马相如天下工为文，奉黄金百斤，为相如文君取酒，因于解悲愁之辞，而相如为文以悟主上，陈皇后复得幸。"

将上：进上。

其二

洛阳愁绝，杨柳花飘雪。

终日行人恣攀折，桥下水流呜咽。

上马争劝离觞，南浦莺声断肠。

愁杀平原年少，回首挥泪千行。

【注释】

恣：指任意。

南浦：代指送别地。

愁杀：通愁煞，形容忧愁至极。

年少：少年，年轻人。

遐方怨

其一

凭绣槛，解罗帏。

未得君书，肠断，潇湘春雁飞。

不知征马几时归，海棠花谢也，雨霏霏。

【注释】

潇湘：潇水和湘水。此处泛指湖南湘江流域。

其二

花半坼，雨初晴。

未捲珠帘，梦残，惆怅闻晓莺。

宿妆眉浅粉山横，约鬟鸾镜裹，绣罗轻。

【注释】

坼：绽裂，衰败。

约鬟鸾镜裹：对着镜子整理头发。

诉衷情

莺语花舞春昼午，雨霏微。

金带枕，宫锦，凤凰帷。

柳弱蝶交飞，依依。

辽阳音信稀，梦中归。

【注释】

春昼午：正当春日中午时分。

雨霏微：细雨蒙蒙，细雨弥漫。

金带枕：曹植《洛神赋》李善注：曹植求婚于甄后的玉缕金带枕。
曹植睹物流泪。此用其典。

辽阳：县名。此处泛指边塞。

思帝乡

花花，满枝红似霞。

罗袖画帘肠断，卓香车。

回面共人闲语，战篦金凤斜。

惟有阮郎春尽，不归家。

【注释】

卓：立。

战篦金凤：此处泛指头饰。

阮郎：阮肇，东汉人，传说他和刘晨入天台山采药，因迷路遇到
两位仙女，并喜结良缘，半年后返家，世间已过数百年。此处借指那
些外出不归的男人。

梦江南

其一

千万恨，恨极在天涯。
山月不知心裹事，水风空落眼前花，摇曳碧云斜。

其二

梳洗罢，独倚望江楼。
过尽千帆皆不是，斜晖脉脉水悠悠，肠断白蘋洲。

【注释】

白蘋洲：洲渚名称，此处代指分手的地方。

河 传

其一

江畔，相唤。晓妆鲜，仙景个女采莲。
请君莫向那岸边，少年，好花新满船。

红袖摇曳逐风暖，垂玉腕，肠向柳丝断。

浦南归，浦北归，莫知，晚来人已稀。

【注释】

仙景：指风景优美如同仙境。

个女：那个或那些女子。

其二

湖上，闲望。

雨萧，烟浦花桥路遥。

谢娘翠蛾愁不消，终朝，梦魂迷晚潮。

荡子天涯归棹远，春已晚，莺语空肠断。

若耶溪，溪水西，柳堤，不闻郎马嘶。

【注释】

烟浦：指云烟笼罩的水滨。

翠蛾：翠眉。

终朝：指一整天。

若耶溪：溪名，位于今浙江绍兴若耶山下，相传西施曾在这里浣沙。此处借指思妇的住所。

其三

同伴，相唤。

杏花稀，梦里每愁依违。

仙客一去燕已飞，不归，泪痕空满衣。

天际云鸟引晴远，春已晚，烟霭渡南苑。

雪梅香，柳带长，小娘，转令人意伤。

【注释】

依违：原意是形容声音忽离忽和，此处指人的离合，侧重在离。

仙客：代指所思之人。

引晴远：晴与情谐音，引晴远是双关语，含有将感情引到远方
之意。

小娘：指少女。

玉蝴蝶

秋风凄切伤离，行客未归时。

塞外草先衰，江南雁到迟。

芙蓉凋嫩脸，杨柳堕新眉。

摇落使人悲，断肠谁得知。

番女怨

其一

万枝香雪开已遍，细雨双燕。

钿蝉筝，金雀扇，画梁相见。

雁门消息不归来，又飞回。

【注释】

香雪：杏花，指春天白色的花朵。

钿蝉筝：雕刻有金蝉装饰的筝。

金雀扇：绘有金雀的扇子。

画梁：彩绘的屋梁，此处指燕栖的地方。

雁门：即雁门关，古代戍守重地。此处泛指边塞。

其二

砾南沙上惊雁起，飞雪千里。

玉连环，金镞箭，年年征战。

画楼离恨锦屏空，杏花红。

【注释】

砾：浅水中的沙石，此处指边塞荒漠之地。

玉连环：此处指征人的用具，如铁钍之类的东西。

金镞箭：装有金属箭头的箭。古人常用其作为信物。

荷叶杯

其一

一点露珠凝冷，波影。满池塘。

绿茎红艳两相乱，肠断。水风凉。

【注释】

绿茎红艳：指代荷叶荷花。

肠断：这里指魂断的意思，形容神情入迷。

其二

镜水夜来秋月，如雪。采莲时。

小娘红粉对寒浪，惆怅。正思惟。

【注释】

镜水：此处指镜水湖。

小娘：此处指采莲少女。

红粉：女子化妆所用的胭脂和铅粉。此处代指装扮得十分美丽的少年面庞。

其三

楚女欲归南浦，朝雨。湿愁红。

小船摇漾入花裏，波起。隔西风。

【注释】

湿愁红：指雨水沾湿的荷花。

隔西风：小船已经去远，隔风相望，所以说隔西风。

皇甫松
十二首

皇甫松，又名皇甫嵩，字子奇，自号檀栾子。唐代睦州新安（今浙江淳安）人。他是中唐古文作家皇甫湜的儿子。

天仙子

其一

晴野鹭鸶飞一只，水渶花发秋江碧。

刘郎此日别天仙，登绮席，泪珠滴，十二晚峯高历历。

【注释】

鹭鸶：即白鹭。

水渶：植物名，一种水草。

十二晚峯：此处指巫山十二峰。

其二

踯躅花开红照水，鹧鸪飞绕青山嘴。

行人经岁始归来，千万里，错相倚，懊恼天仙应有以。

【注释】

踯躅花：即杜鹃花。

山嘴：指山的入口处。

行人：此处特指刘晨、阮肇。

经岁：经年，相隔一年。

有以：有缘由。

浪淘沙

其一

滩头细草接疏林，浪恶罾船半欲沉。

宿鹭眠鸥飞旧浦，去年沙嘴是江心。

【注释】

罾船：渔船。罾：渔人的网。

沙嘴：指岸沙与水相接处。

其二

蛮歌豆蔻北人愁，蒲雨杉风野艇秋。

浪起鸂鶒眠不得，寒沙细细入江流。

【注释】

蛮歌：指南方少数民族的歌。

蒲雨杉风：带有草木气息的风雨。

鸂鶒：水鸟。

杨柳枝

其一

春入行宫映翠微，玄宗侍女舞烟丝。

如今柳向空城绿，玉笛何人更把吹。

【注释】

翠微：淡青的山色。

玄宗侍女：相传，唐玄宗命宫中女子数百人为梨园弟子，经常在一起表演歌舞。此处特指歌姬。

舞烟丝：舞姿如烟柳柔丝。

更把：再把。

其二

烂熳春归水国时，吴王宫殿柳丝垂。

黄莺长叫空闺畔，西子无因更得知。

【注释】

水国：水乡，指吴越一带的水网湖泊地区。

吴王宫殿：春秋时吴王夫差所筑的宫殿，即馆娃宫。

西子：即西施，春秋时越国美女，被誉为中国古代四大美女之一。

摘得新

其一

酌一卮，须教玉笛吹。

锦筵红蜡烛，莫来迟。

繁红一夜经风雨，是空枝。

【注释】

卮：古代的一种酒器。

锦筵：指豪华精美的酒席。

繁红：指开得烂漫的各种鲜花。

其二

摘得新，枝枝叶叶春。

管弦兼美酒，最关人。

平生都得几十度，展香茵。

【注释】

摘得新：指摘得鲜花。

最关人：最牵动人情。

茵：垫子，褥子。

梦江南

其一

兰烬落，屏上暗红蕉。

闲梦江南梅熟日，夜船吹笛雨萧萧，人语驿边桥。

【注释】

兰烬：烛火的灰烬，因烛光似兰，所以如是说。

暗红蕉：指更深烛尽，画屏上的美人蕉模糊莫辨。

梅熟日：指江南初夏梅熟季节，俗称"黄梅天"，那时阴雨连绵。

其二

楼上寝，残月下帘旌。

梦见秣陵惆怅事，桃花柳絮满江城，双髻坐吹笙。

【注释】

帘旌：帘额，即帘子上所缀的软帘。

秣陵：古金陵别名，故址在今江苏南京。

双髻：古代少女的发式。此处代指少女。

采莲子

其一

菡萏香莲十顷陂（举棹），小姑贪戏采莲迟（年少）。
晚来弄水船头湿（举棹），更脱红裙裹鸭儿（年少）。

【注释】

菡萏：荷花。

香莲：指莲蓬。

举棹：无实际含义，唱采莲歌时众人相和之声，类似于今人唱号子时"嘿嗬""哟嗬"等。下文"年少"等同此。

小姑：此处指未嫁的少女。

其二

船动湖光滟滟秋（举棹），贪看年少信船流（年少）。
无端隔水抛莲子（举棹），遥被人知半日羞（年少）。

【注释】

年少：指少年男子。

信船流：指听任船随水而流。

无端：无故，没有任何由来。

韦
庄
四
十
八
首

　　韦庄（约 836—910 年），字端己，唐
朝长安杜陵（今陕西西安）人，晚唐诗
人、词人，曾任五代前蜀宰相。韦庄的诗
多以伤时、感旧、离情、怀古为主题；而
他的词多写自身生活体验和上层社会之冶
游享乐生活及离情别绪，善用白描手法，
词风清丽。韦庄与温庭筠同为"花间派"
代表作家，并称"温韦"。

浣溪沙

其一

清晓妆成寒食天，柳球斜袅间花钿，卷帘直出画堂前。
指点牡丹初绽朵，日高犹自凭朱栏，含颦不语恨春残。

【注释】

寒食：节令名，在农历清明前一日，为纪念介子推而设立。

柳球：弯曲柳枝成球形。清明日，古代妇女有带柳的风俗。

含颦：皱眉的意思。

其二

欲上秋千四体慵，拟教人送又心忪。画堂帘幕月明风。
此夜有情谁不极，隔墙梨雪又玲珑，玉容憔悴惹微红。

【注释】

慵：倦怠的意思。

心忪：惶恐。

不极：不尽。

其三

惆怅梦余山月斜，孤灯照壁背窗纱，小楼高阁谢娘家。
暗想玉容何所似，一枝春雪冻梅花，满身香雾簇朝霞。

【注释】

谢娘：唐朝名妓，本名谢秋娘，唐朝宰相李德裕的妾。谢娘家代指青楼或者恋人的住处。

簇：聚。

其四

绿树藏莺莺玉啼，柳丝斜拂白铜堤，弄珠江上草萋萋。
日暮饮归何处客，绣鞍骢马一声嘶，满身兰麝醉如泥。

【注释】

白铜堤：古代襄阳境内汉水的堤名。

弄珠：戏珠。

骢马：青白杂色马。

兰麝：兰草和麝香两种香料。此处指香气。

其五

夜夜相思更漏残，伤心明月凭栏干，想君思我锦衾寒。
咫尺画堂深似海，忆来唯把旧书看，几时携手入长安。

【注释】

旧书：以前收到的来信。

菩萨蛮

其一

红楼别夜堪惆怅，香灯半卷流苏帐。

残月出门时，美人和泪辞。

琵琶金翠羽，弦上黄莺语。

劝我早归家，绿窗人似花。

【注释】

香灯：即长明灯，古代这种灯通常用琉璃釭盛香油燃点。

金翠羽：指琵琶上嵌金点翠的装饰。

弦上黄莺语：此句是指琵琶之声犹如黄莺的啼叫一样。

其二

人人尽说江南好，游人只合江南老。

春水碧于天，画船听雨眠。

炉边人似月，皓腕凝双雪。

未老莫还乡，还乡须断肠。

【注释】

只合：只应，只当。

炉边人：用卓文君卖酒的典故，此处代指美女。

须：应该。

其三

如今却忆江南乐，当时年少春衫薄。

骑马倚斜桥，满楼红袖招。

翠屏金屈曲，醉入花丛宿。

此度见花枝，白头誓不归。

【注释】

却忆：回忆。

红袖：代指少女。

翠屏：镶有翡翠的屏风。

金屈曲：指屏风的折叠处反射着金光。

花丛：美人聚集处，代指歌楼。

此度：这次。

花枝：代指作者所钟情的美女。

其四

劝君今夜须沉醉，樽前莫话明朝事。

珍重主人心，酒深情亦深。

须愁春漏短，莫诉金杯满。

遇酒且呵呵，人生能几何。

【注释】

春漏短：指春夜短。

莫诉：不要推辞的意思。

呵呵：笑声，此处指强作欢笑。

其五

洛阳城裏春光好，洛阳才子他乡老。

柳暗魏王堤，此时心转迷。

桃花春水绿，水上鸳鸯浴。

凝恨对残晖，忆君君不知。

【注释】

洛阳才子：本指西汉善于写作的洛阳人贾谊，此处作者用以指代自己。

魏王堤：即唐朝洛阳名胜魏王池。唐朝时，洛水在洛阳溢出了一个池，成为洛阳名胜。贞观年间，唐太宗曾经将其赐给魏王李泰，故称魏王池。魏王池有堤坝与洛水相隔，因此有魏王堤之说。

归国遥

其一

春欲暮，满地落花红带雨。

惆怅玉笼鹦鹉，单栖无伴侣。

南望去程何许，问花花不语。

早晚得同归去，恨无双翠羽。

【注释】

红带雨：指落花夹杂着雨点。

何许：多少。

早晚：何时，哪一天。

其二

　　金翡翠，为我南飞传我意。

　　罨画桥边春水，几年花下醉。

　　别后只知相愧，泪珠难远寄。

　　罗幕绣帷鸳被，旧欢如梦裏。

【注释】

　　金翡翠：金色翡翠鸟，此处指神话中的青鸟，古诗词中，青鸟常常指代传递书信的使者。

　　罨画：色彩鲜明的绘画。此处形容春水如画。

　　罗幕：质地轻柔的丝织帷幕。

其三

　　春欲晚，戏蝶游蜂花烂熳。

　　日落谢家池馆，柳丝金缕断。

　　睡觉绿鬟风乱，画屏云雨散。

　　闲倚博山长叹歎，泪流沾皓腕。

【注释】

云雨：本意指山中的云雾之气，此处引宋玉《高唐赋》序中楚襄王梦与巫山神女相会的事，来表示男女欢合。画屏云雨散是指在画屏掩蔽下，男女欢情已经消散了。

博山：即博山炉，古香炉名，其表面雕刻有重叠山形的装饰。此处代指香炉。

应天长

其一

绿槐阴里黄莺语，深院无人春昼午。
画帘垂，金凤舞，寂寞绣屏香一炷。
碧天云，无定处，空有梦魂来去。
夜夜绿窗风雨，断肠君信否。

【注释】

金凤舞：指画帘上绘的金凤凰，经风吹动，宛如起舞。

碧天云：指代内心所怀念的那个人。

空有梦魂来去：人未归来，只在梦境中看见来去，故用"空有"二字，而来去的意思偏重于"来"字。

其二

别来半岁音书绝，一寸离肠千万结。

难相见，易相别，又是玉楼花似雪。

暗相思，无处说，惆怅夜来烟月。

想得此时情切，泪沾红袖黦。

【注释】

花似雪：指梨花像雪一样白。

黦：黑黄色。此处指红袖上斑斑点点的泪痕。

荷叶杯

其一

绝代佳人难得，倾国，花下见无期。

一双愁黛远山眉，不忍更思惟。

闲掩翠屏金凤，残梦，罗幕画堂空。

碧天无路信难通，惆怅旧房栊。

【注释】

倾国：指绝美的容貌。

愁黛：带着愁绪的眉毛。画眉用黛色，故称眉黛。

思惟：思量。

房栊：窗户，泛指房屋。

其二

记得那年花下，深夜，初识谢娘时。

水堂西面画帘垂，携手暗相期。

惆怅晓莺残月，相别，从此隔音尘。

如今俱是异乡人，相见更无因。

【注释】

相期：相约，约定的意思。

音尘：音讯、踪迹、消息。隔音尘就是音讯断绝，彼此没有对方的消息。

清平乐

其一

春愁南陌，故国音书隔。

细雨霏霏梨花白，燕拂画帘金额。

尽日相望王孙，尘满衣上泪痕。

谁向桥边吹笛，驻马西望消魂。

【注释】

金额：指用金线装饰的帘额。

王孙：古代贵族子弟的通称，此处指女子牵挂的那个未归人。

其二

野花芳草，寂寞关山道。

柳吐金丝莺语早，惆怅香闺暗老。

罗带悔结同心，独凭朱栏思深。

梦觉半床斜月，小窗风触鸣琴。

【注释】

关山道：代指远人所经过的道路。

暗老：指时光流逝，不知不觉的，人已经老去了。

结同心：用锦带打成连环回文样式的结子，古人常将其当作男女相爱的象征，称之为"同心结"。

其三

何处游女，蜀国多云雨。

云解有情花解语，窣地绣罗金缕。

妆成不整金钿，含羞待月秋千。

住在绿槐阴裹，门临春水桥边。

【注释】

花解语：原意指花朵会说话，此处用来比喻美女善解人意。

窣地：拂地。

其四

莺啼残月，绣阁香灯灭。

门外马嘶郎欲别，正是落花时节。

妆成不画蛾眉，含愁独倚金扉。

去路香尘莫扫，扫即郎去归迟。

【注释】

金扉：饰金的门。

香尘：尘土的美称，多指女子步履而起者。

望远行

欲别无言倚画屏，含恨暗伤情。

谢家庭树锦鸡鸣，残月落边城。

人欲别，马频嘶，绿槐千里长堤。

出门芳草路萋萋，云雨别来易东西。

不忍别君后，却入旧香闺。

谒金门

其一

春漏促，金烬暗挑残烛。

一夜帘前风撼竹，梦魂相断续。

有个娇娆如玉,夜夜绣屏孤宿。

闲抱琵琶寻旧曲,远山眉黛绿。

【注释】

春漏促:春夜滴漏声急促,此处指春夜苦短。

金烬:灯烛燃烧后的余灰,金花烛的余烬。

娇娆:美丽妩媚。此处代指美人。

其二

空相忆,无计得传消息。

天上嫦娥人不识,寄书何处觅。

新睡觉来无力,不忍把伊书迹。

满院落花春寂寂,断肠芳草碧。

【注释】

伊书:你写给我的书信。

江城子

其一

恩重娇多情易伤,漏更长,解鸳鸯。

朱唇未动,先觉口脂香。

缓揭绣衾抽皓腕,移凤枕,枕潘郎。

【注释】

解鸳鸯：解开绣有鸳鸯的衣服，指代吹灯睡觉。

潘郎：原指晋朝人潘岳。后来，潘郎泛指少年俊美的男子。此处代指女子的那个情郎。

其二

髻鬟狼藉黛眉长，出兰房，别檀郎。

角声呜咽，星斗渐微茫。

露冷月残人未起，留不住，泪千行。

【注释】

狼藉：形容散乱不整的样子。

檀郎：晋朝人潘岳，字安仁，小字檀奴，姿仪秀美。后人以檀郎、潘安、潘仁等代称美男子。此处代指女子的那个情郎。

河　传

其一

何处，烟雨，隋堤春暮。

柳色葱茏，画桡金缕，翠旗高飐香风，水光融。

青娥殿脚春妆媚，轻云里，绰约司花妓。

江都宫阙，清淮月映迷楼，古今愁。

【注释】

画桡：彩绘的桨，代指船。

金缕：指船的装饰物。

飐：风吹物动，此处有迎风招展的含义。

青娥殿脚：即殿脚女，为隋炀帝巡幸江都而挽舟的美女。

司花妓：给隋炀帝持花的女子。

江都：隋炀帝行宫所在地。故址在今江苏省扬州市。

迷楼：隋炀帝所建的楼阁名。故址在今江苏省扬州市西北。

其二

春晚，风暖，锦城花满。

狂杀游人，玉鞭金勒，寻胜驰骤轻尘，惜良晨。

翠娥争劝临邛酒，纤纤手，拂面垂丝柳。

归时烟里，钟鼓正是黄昏，暗销魂。

【注释】

锦城：又称锦官城，因织锦而出名，旧址在今四川成都市南。

狂杀游人：春景使人惊喜若狂。

寻胜：踏春，寻找佳胜美景。

翠娥：美女，此处指当垆卖酒的姑娘。

临邛酒：汉朝的卓文君在临邛卖过酒，此处代指美酒。

其三

锦浦，春女，绣衣金缕。

雾薄云轻，花深柳暗，时节正是清明，雨初晴。

玉鞭魂断烟霞路，莺莺语，一望巫山雨。

香尘隐映，遥见翠槛红楼，黛眉愁。

【注释】

雾薄云轻：形容绣衣轻柔的样子。

玉鞭：借指乘车骑马的那些人。

巫山雨：用宋玉《高唐赋》序中巫山云雨事，指男女激情之事。

天仙子

其一

怅望前回梦里期，看花不语苦寻思，露桃花里小腰肢。

眉眼细，鬓云垂，唯有多情宋玉知。

【注释】

期：会，相会，约会。

露桃：蜜桃，承雨露而生。

宋玉：战国时期楚国文学家，辞赋家，或称屈原弟子。在他的作品中，有许多描写美女的，例如《神女赋》和《登徒子好色赋》。作者以宋玉自喻，意思是说他和宋玉一样善于识别和怜爱美女。

其二

深夜归来长酩酊，扶入流苏犹未醒，醺醺酒气麝兰和。
惊睡觉，笑呵呵，长道人生能几何。

【注释】

流苏：指流苏帐。

麝兰和：与麝香、兰香相融合。

其三

蟾彩霜华夜不分，天外鸿声枕上闻，绣衾香冷懒重燻。
人寂寂，叶纷纷，才睡依前梦见君。

【注释】

蟾彩：代指月光。俗传月中有蟾蜍，所以称月为蟾。

霜华：即霜色。

其四

梦觉云屏依旧空，杜鹃声咽隔帘栊，玉郎薄幸去无踪。
一日日，恨重重，泪界莲腮两线红。

【注释】

玉郎薄幸：情人薄情。玉郎指英俊美貌的男子，常用作情郎的爱称。

泪界：指泪水在脸上流出的痕迹。

其五

金似衣裳玉似身，眼如秋水鬓如云，霞裙月帔一群群。

来洞口，望烟分，刘阮不归春日曛。

【注释】

霞裙月帔：裙和帔都是古代妇女的服装。在古时，后妃、贵妇穿的披肩，绣有花卉，长及膝盖，色彩鲜艳。此处用霞、月形容裙和帔美丽、明洁。

刘阮：即刘晨和阮肇，此处用刘晨、阮肇入天台山采药遇仙的典故。

喜迁莺

其一

人汹汹，鼓鼜鼜，襟袖五更风。

大罗天上月朦胧，骑马上虚空。

香满衣，云满路，鸾凤绕身飞舞。

霓旌绛节一羣羣，引见玉华君。

【注释】

汹汹：人声鼎沸，声音喧闹，声势盛大。

大罗天：道家所指的最高的一层天。此处指朝廷。

上虚空：此处指进宫。

鸾凤：借指绣有鸾凤花纹的朝服。

霓旌绛节：彩色的旌旗一队队如天上虹霓，绛红色的仪仗一排排如彩霞呈现。此处特指仪仗。

玉华君：天帝，此处代指皇帝。

其二

街鼓动，禁城开，天上探人回。

凤衔金牓出云来，平地一声雷。

莺已迁，龙已化，一夜满城车马。

家家楼上簇神仙，争看鹤冲天。

【注释】

天上：此处指朝廷。

探人：即去看榜的人。

凤衔：凤凰衔书，喻指皇帝的诏书。

金牓：公布出来的科举应试考中者的名单。

莺已迁：唐人称举进士及第为迁莺。莺已迁指考中了进士。

龙已化：比喻中第者如鱼化为龙。龙已化指已经中第了。

鹤冲天：比喻登科中举的人。

思帝乡

其一

云髻坠，凤钗垂。

髻坠钗垂无力，枕函欹。

翡翠屏深月落，漏依依。

说尽人间天上，两心知。

【注释】

枕函：唐朝时中间可以放置物品的匣状枕头，也称枕匣。

欹：斜。

漏依依：漏刻迟缓，喻指时间过得慢，内心等不及。

其二

春日游，杏花吹满头。

陌上谁家年少，足风流。

妾拟将身嫁与，一生休。

纵被无情弃，不能羞！

【注释】

年少：少年。

休：此处指心愿得遂后的罢休、喜悦、欢乐。

不能羞：意思指不会感到害羞后悔，即不在乎。

诉衷情

其一

烛尽香残帘半捲，梦初惊。

花欲谢，深夜，月胧明。

何处按歌声，轻轻。

舞衣尘暗生，负春情。

【注释】

按歌声：击乐唱歌声。

负春情：辜负了对你的一片思念之情。

其二

碧沼红芳烟雨静，倚兰桡。

垂玉佩，交带，袅纤腰。

鸳梦隔星桥，迢迢。

越罗香暗销，坠花翘。

【注释】

碧沼：即碧水池。

交带：相交的锦带。

鸳梦：鸳鸯梦，指男女发春思念的梦。

星桥：指天河上的鹊桥。

越罗：指用越地所产丝绸制作而成的衣裙。

花翘：鸟尾状的头饰。

上行杯

其一

芳草灞陵春岸，柳烟深，满楼弦管，一曲离声肠寸断。
今日送君千万，红楼玉盘金镂盏，须劝珍重意，莫辞满。

【注释】

灞陵：古地名，唐朝人送客远行，常在此处折柳道别。

千万：指去程遥远，千里万里之外。

其二

白马玉鞭金辔，少年郎，离别容易，迢递去程千万里。
惆怅异乡云水，满酌一杯劝和泪，须愧珍重意，莫辞醉。

【注释】

玉鞭金辔：形容马鞭和辔鞍都非常精美。

迢递：形容路途非常遥远。

劝和泪：和泪劝的倒置，含泪劝酒的意思。

女冠子

其一

四月十七，正是去年今日。

别君时，忍泪佯低面，含羞半敛眉。

不知魂已断，空有梦相随。

除却天边月，没人知。

【注释】

佯：装作。

除却：除了。

其二

昨夜夜半，枕上分明梦见。

语多时，依旧桃花面，频低柳叶眉。

半羞还半喜，欲去又依依。

觉来知是梦，不胜悲。

【注释】

不胜：经不起，承受不了。

更漏子

钟鼓寒，楼阁暝，月照古桐金井。
深院闭，小庭空，落花香露红。
烟柳重，春雾薄，灯背水窗高阁。
闲倚户，暗沾衣，待郎郎不归。

【注释】

暝：晦暗，不明亮。

金井：指有雕栏的井。

水窗：指临水的窗户。

酒泉子

月落星沉，楼上美人春睡。
绿云倾，金枕腻，画屏深。
子规啼破相思梦，曙色东方才动。
柳烟轻，花露重，思难任。

【注释】

绿云：形容女子的头发多而细柔光润。

金枕腻：华丽光滑的枕头上充满泪污。

思难任：相思难以抵挡。

木兰花

独上小楼春欲暮，愁望玉关芳草路。

消息断，不逢人，欲敛细眉归绣户。

坐看落花空叹息，罗袂湿斑红泪滴。

千山万水不曾行，魂梦欲教何处觅。

【注释】

玉关：玉门关。此处泛指征人所在的地方。

绣户：指闺房。

红泪：泪水从涂有胭脂的脸上流下，故称之为"红泪"。

不曾行：不曾去过。

小重山

一闭昭阳春又春，夜寒宫漏永，梦君恩。

卧思陈事暗消魂，罗衣湿，红袂有啼痕。

歌吹隔重阍，绕庭芳草绿，倚长门。

万般惆怅向谁论？凝情立，宫殿欲黄昏。

【注释】

昭阳：指汉朝的昭阳殿。

陈事：旧事。

歌吹：歌唱弹吹，泛指音乐。

重闱：重重宫门。

长门：汉朝的长门宫。汉武帝皇后陈阿娇失宠后，退居长门宫。

凝情：指痴情。

薛
昭
蕴
十
九
首

薛昭蕴，字澄州，唐朝河中宝鼎（今
山西荣河）人。王衍时，薛昭蕴官至侍
郎。他擅诗词，才华出众。《北梦琐言》
有记载："薛澄州昭蕴即保逊之子也。恃
才傲物，亦有父风。每入朝省，弄笏而
行，旁若无人。"

浣溪沙

其一

红蓼渡头秋正雨，印沙鸥迹自成行，整鬟飘袖野风香。
不语含颦深浦里，几回愁煞棹船郎，燕归帆尽水茫茫。

【注释】

棹船郎：驾船郎，此处指远行的情人。

其二

钿匣菱花锦带垂，静临栏槛卸头时，约鬟低珥算归期。
茂苑草青湘渚阔，梦余空有漏依依，二年终日损芳菲。

【注释】

菱花：即菱花镜。

卸头时：卸妆的时候。

珥：珥珰，指用珠玉制作的耳环等装饰物。

茂苑：在今江苏吴县太湖北。

湘渚：湘水中的小洲。

损芳菲：损毁春色，喻指青春日渐逝去。

其三

粉上依稀有泪痕，郡庭花落欲黄昏，远情深恨与谁论。

记得去年寒食日，延秋门外卓金轮，日斜人散暗消魂。

【注释】

郡庭：指郡署的庭。

延秋门：唐朝首都长安禁苑西门。

卓金轮：立车轮，即停车的意思。

其四

握手河桥柳似金，蜂须轻惹百花心，蕙风兰思寄清琴。

意满便同春水满，情深还似酒杯深，楚烟湘月两沉沉。

【注释】

花心：花蕊的意思。

蕙风兰思：蕙、兰，都是香草。喻指女子纯美的情思。

其五

帘下三间出寺墙，满街垂杨绿阴长，嫩红轻翠间浓妆。

瞥地见时犹可可，却来闲处暗思量，如今情事隔仙乡。

【注释】

瞥地：一瞥，过目。

可可：不在意的意思。

却来：回过来。

其六

江馆清秋缆客船，故人相送夜开筵，麝烟兰焰簇花钿。
正是断魂迷楚雨，不堪离恨咽湘弦，月高霜白水连天。

【注释】

缆客船：指系缆待发的客船。

簇花钿：代指聚集着盛装的女子。

湘弦：相传湘水女神善于鼓瑟，此处借喻悲思。

其七

倾国倾城恨有余，几多红泪泣姑苏，倚风凝睇雪肌肤。
吴主山河空落日，越王宫殿半平芜，藕花菱蔓满重湖。

【注释】

倾城倾国：此特指西施的美貌。

姑苏：姑苏台。相传为吴王夫差所筑。

凝睇：注视，凝视。

吴主：特指吴王夫差。

落日：比喻亡国。

越王：特指越王勾践。

其八

越女淘金春水上，步摇云鬓珮鸣珰，渚风江草又清香。

不为远山凝翠黛，只应含恨向斜阳，碧桃花谢忆刘郎。

【注释】

步摇：指妇女的首饰。

珮鸣珰：指妇女所戴玉佩发出的声音。

刘郎：本指东汉人刘晨，此处代指情郎。

喜迁莺

其一

残蟾落，晓钟鸣，羽化觉身轻。

乍无春睡有余酲，杏苑雪初晴。

紫陌长，襟袖冷，不是人间风景。

回看尘土似前生，休羡谷中莺。

【注释】

残蟾：指残月。

羽化：修道成仙。此处指登第中举。

余酲：余醉。

杏苑：杏园。唐朝人中进士，会在杏园聚会。

紫陌：帝都郊野的道路。

谷中莺：喻指隐居未出来做官的那些人。

其二

金门晓，玉京春，骏马骤轻尘。

桦烟深处白衫新，认得化龙身。

九陌喧，千户启，满袖桂香风细。

杏园欢宴曲江滨，自此占芳辰。

【注释】

金门：汉朝的金马门，代称官署。

玉京：道家称呼天帝所居住的地方，此处代指京城。

桦烟：桦木皮卷蜡作烛，其烟称桦烟。

白衫：唐时士子穿的便服。

化龙身：指登第中举。

桂香：古代以折桂喻登第中举。

杏园：园名。唐朝时在曲江池南，是新进士游宴的地方。

曲江：即曲江池。

芳辰：良辰。

其三

清明节，雨晴天，得意正当年。

马骄泥软绵连乾，香袖半笼鞭。

花色融，人竞赏，尽是绣鞍朱鞅。

日斜无计更留连，归路草和烟。

【注释】

锦连乾：马的饰物。

绣鞍朱鞅：华丽的车马饰物。鞅指套在马颈上的皮带。

相见欢

罗襦绣袂香红，画堂中。

细草平沙番马，小屏风。

捲罗幕，凭妆阁，思无穷。

暮雨轻烟，魂断隔帘栊。

【注释】

番马：指吐蕃的马。

帘栊：帘窗的意思。

小重山

其一

春到长门春草青，玉墀华露滴，月胧明。

东风吹断紫箫声，宫漏促，帘外晓莺啼。

愁极梦难成，红妆流宿泪，不胜情。

手挼裙带绕墀行，思君切，罗幌暗尘生。

【注释】

长门：即长门宫。汉武帝皇后陈阿娇失宠后，居住在长门宫。

紫箫：紫竹所做的箫。

授：揉搓。

罗幌：指丝罗帷帐。

其二

秋到长门秋草黄，画梁双燕去，出宫墙。

玉箫无复理霓裳，金蝉坠，鸾镜掩休妆。

忆昔在昭阳，舞衣红绶带，绣鸳鸯。

至今犹惹御炉香，魂梦断，愁听漏更长。

【注释】

霓裳：即《霓裳羽衣曲》。

金蝉：金制的蝉形头饰。

休妆：美好的妆饰。

昭阳：指昭阳殿。

绶带：丝带。

离别难

宝马晓鞲雕鞍，罗帷乍别情难。

那堪春景媚，送君千万里。

半妆珠翠落，露华寒。

红蜡烛，青丝曲，偏能钩引泪栏干。

良夜促，香尘绿，魂欲迷，檀眉半敛愁低。

未别，心先咽，欲语情难说出。

芳草路东西。

摇袖立，春风急，樱花杨柳雨凄凄。

【注释】

鞲：为马备鞍辔。

半妆：半面妆。此处指女子的妆饰零落。

青丝曲：弦歌曲，唐朝人离别时所奏乐曲。

栏干：指纵横的意思。

檀眉：即香眉。

醉公子

慢绾青丝发，光砑吴绫袜。

床上小熏笼，韶州新退红。

叵耐无端处，捻得从头污。

恼得眼慵开，问人闲事来。

【注释】

绾：盘，盘着。

光研：研光，古人以石碾磨布帛使之密实光泽。

吴绫：丝织品的名字，由吴地一带出产。

燻笼：罩在熏炉上的笼子。

韶州：地名，今属广东。

退红：韶州所产的一种红色颜料。

叵耐：不可容忍，可恶。

谒金门

春满院，叠损罗衣金线。

睡觉水晶帘未捲，檐前双语燕。

斜掩金铺一扇，满地落花千片。

早是相思肠欲断，忍教频梦见。

【注释】

金铺：指门上兽面形铜制环钮，用以衔环。

早是：已是。

教：叫，使。

女冠子

其一

求仙去也，翠钿金篦尽舍，入崖峦。

雾捲黄罗帔，云雕白玉冠。

野烟溪洞冷，林月石桥寒。

静夜松风下，礼天坛。

【注释】

黄罗帔：黄色丝绸制作的披肩。

礼天坛：登坛拜天。此处指道家修行仪式。

其二

云罗雾縠，新授明威法籙，降真函。

鬓绾青丝发，冠抽碧玉簪。

往来云过五，去住岛经三。

正遇刘郎使，启瑶缄。

【注释】

云罗雾縠：丝罗织物，此处指女道士的衣着。

明威：指上天圣明威严的旨意。

法籙：即道家的图籍。

云过五：即过五云。

岛经三：即经三座仙岛。

启瑶缄：开启使者所投的书缄。瑶缄是对来信的一种美称。

牛峤
三十二首

牛峤，字松卿，一字延峰，唐朝陇西人。乾符五年（878 年），他进士及第，历官拾遗，补尚书郎，被后人称为"牛给事"。

柳 枝

其一

解冻风来末上青，解垂罗袖拜卿卿。

无端袅娜临官路，舞送行人过一生。

【注释】

解冻风：特指春风。

末上青：即杨柳末梢抽青条。

卿卿：男女间的昵称。此处形容柳条相依偎的姿态。

其二

吴王宫里色偏深，一簇纤条万缕金。

不愤钱塘苏小小，引郎松下结同心。

【注释】

不愤：不平、不服气。

其三

桥北桥南千万条，恨伊张绪不相饶。

金羁白马临风望，认得杨家静婉腰。

【注释】

张绪：南朝齐武帝曾将杨柳比张绪。

不相饶：不相让的意思。

金羁白马：指少年郎。

杨家静婉：即羊家净婉。据《南史羊侃传》载："舞人张净婉围一尺六寸，时人咸推能掌上舞。"

其四

狂雪随风扑马飞，惹烟无力被春欺。

莫教移入灵和殿，宫女三千又妒伊。

【注释】

狂雪：此处指柳絮。

灵和殿：用南朝齐武帝在灵和殿前植柳的典故。

伊：指柳树。

其五

袅翠笼烟拂暖波，舞裙新染麹尘罗。

章华台畔隋堤上，傍得春风尔许多。

【注释】

麹尘：深黄色，此处指柳色。

章华：相传为楚灵王离台。

尔许多：如此多，这样多。

女冠子

其一

绿云高髻，点翠匀红时世。月如眉。
浅笑含双靥，低声唱小词。
眼看唯恐化，魂荡欲相随。
玉趾回娇步，约佳期。

【注释】

时世：时世妆，入时之妆，时髦之妆。

双靥：指脸上的两个酒窝。

化：指变化成仙而去。

其二

锦江烟水，卓女烧春浓美。小檀霞。
绣带芙蓉帐，金钗芍药花。
额黄侵腻发，臂钏透红纱。
柳暗莺啼处，认郎家。

【注释】

卓女：本指卓文君，此处代指当垆的美女。

烧春：酒名。

小檀霞：指香料燃烧后的烟如云霞缭绕。

芍药花：在唐朝，男女相别时，送芍药以传情。

臂钏：指镯子。

其三

星冠霞帔，住在蕊珠宫里。佩玎珰。

明翠摇蝉翼，纤珪理宿粧。

醮坛春草绿，药院杏花香。

青鸟传心事，寄刘郎。

【注释】

霞帔：指华美的披肩。

蕊珠宫：神仙宫阙名。此处指女冠的居处。

明翠：指钗钿类的饰物。

纤珪：指手指，纤白如玉。

醮坛：指道士所祀的坛场。

青鸟：古人用青鸟代指传递男女情谊的信使。

其四

双飞双舞，春昼后园莺语。捲罗帷。

锦字书封了，银河雁过迟。

鸳鸯排宝帐，豆蔻绣连枝。

不语匀珠泪，落花时。

【注释】

锦字书：织锦为书。此处指妻子给丈夫的信。

豆蔻：植物名，此处代指少女。

连枝：连理枝，比喻男女之间的爱情。

梦江南

其一

含泥燕，飞到画堂前。

占得杏梁安稳处，休轻唯有主人怜。

堪羡好因缘。

【注释】

占得：择得。

其二

红绣被，两两间鸳鸯。

不是鸟中偏爱尔，为缘交颈睡南塘。

全胜薄情郎。

感恩多

其一

两条红粉泪，多少香闺意。

强攀桃李枝，敛愁眉。

陌上莺啼蝶舞，柳花飞。

柳花飞，愿得郎心，忆家还早归。

其二

自从南浦别，愁见丁香结。

近来情转深，忆鸳衾。

几度将书托烟雁，泪盈襟。

泪盈襟，礼月求天，愿君知我心。

【注释】

丁香结：指丁香的花蕾。

礼月：拜月，古代女子有拜月亮的习俗。

应天长

其一

玉楼春望晴烟灭，舞衫斜卷金条脱。
黄鹂娇啭声初歇，杏花飘尽龙山雪。
凤钗低赴节，筵上王孙愁绝。
鸳鸯对含罗结，两情深夜月。

【注释】

条脱：指手镯。

龙山：此处泛指高山。

赴节：应和着节拍。

其二

双眉淡薄藏心事，清夜背灯娇又醉。
玉钗横，山枕腻，宝帐鸳鸯春睡美。
别经时，无限意，虚道相思憔悴。
莫信彩笺书里，赚人肠断字。

【注释】

虚道：空说。

赚人：诓骗人，欺骗人。

更漏子

其一

星渐稀，漏频转，何处轮台声怨。

香阁掩，杏花红，月明杨柳风。

挑锦字，记情事，惟愿两心相似。

收泪语，背灯眠，玉钗横枕边。

【注释】

轮台：故址在今新疆轮台县东南。此处泛指边塞。

挑锦字：织锦为书信的意思。

其二

春夜阑，更漏促，金烬暗挑残烛。

惊梦断，锦屏深，两乡明月心。

闺草碧，望归客，还是不知消息。

辜负我，悔怜君，告天天不闻。

【注释】

春夜阑：春夜将尽的意思。

其三

南浦情，红粉泪，怎奈两人深意。

低翠黛，捲征衣，马嘶霜叶飞。

招手别，寸肠结，还是去年时节。

书托雁，梦归家，觉来江月斜。

【注释】

南浦：南面的水边，代指送别之地。

望江怨

东风急，惜别花时手频执。

罗帷愁独入，马嘶残雨春芜湿。

倚门立，寄语薄情郎，粉香和泪泣。

【注释】

春芜：一种草名。

菩萨蛮

其一

舞裙香暖金泥凤，画梁语燕惊残梦。

门外柳花飞，玉郎犹未归。

愁匀红粉泪，眉剪春山翠。

何处是辽阳，锦屏春昼长。

【注释】

金泥凤：指以金粉装饰的凤形图案。

辽阳：地名。此处代指征人所在地。

其二

柳花飞处莺声急，暗街春色香车立。

金凤小帘开，脸波和恨来。

今宵求梦想，难到青楼上。

赢得一场愁，鸳衾谁并头。

【注释】

脸波：眼波。

青楼：原意指清漆涂饰的豪华精致的楼房，此处指车中女子所居
的楼。

其三

玉钗风动春幡急，交枝红杏笼烟泣。

楼上望卿卿，窗寒新雨晴。

熏炉蒙翠被，绣帐鸳鸯睡。

何处有相知，羡他初画眉。

【注释】

春幡：指立春日所剪的彩旗。

卿卿：男女之间的昵称。此处代指情人。

画眉：用汉朝人张敞为妻子画眉的典故，比喻夫妻相爱。

其四

画屏重叠巫阳翠，楚神尚有行云意。

朝暮几般心，向他情漫深。

风流今古隔，虚作瞿塘客。

山月照山花，梦回灯影斜。

【注释】

巫阳：巫山之阳。用楚王梦神女的典故。

行云意：此处指男女合欢。

漫：枉然，徒然。

瞿塘：即瞿塘峡，长江三峡之一。

其五

风帘燕舞莺啼柳，妆台约鬓低纤手。

钗重髻盘珊，一枝红牡丹。

门前行乐客，白马嘶春色。

故故坠金鞭，回头应眼穿。

【注释】

盘珊：即盘桓。发髻盘曲，称盘桓髻。

故故：屡屡，偏偏，常常等意思。

其六

绿云鬓上飞金雀，愁眉敛翠春烟薄。

香阁掩芙蓉，画屏山几重。

窗寒天欲曙，犹结同心苣。

啼粉污罗衣，问郎何日归。

【注释】

金雀：古代妇女的一种钗饰。

同心苣：即同心结。

其七

玉楼冰簟鸳鸯锦，粉融香汗流山枕。

帘外辘轳声，敛眉含笑惊。

柳阴烟漠漠，低鬓蝉钗落。

须作一生拚，尽君今日欢。

【注释】

冰簟：凉席。簟就是竹席。

拚：拼。

一生拚：舍弃一生。

酒泉子

记得去年，烟暖杏园花正发，雪飘香。

江草绿，柳丝长。

钿车纤手捲帘望，眉学春山样。

凤钗低袅翠鬟上，落梅妆。

【注释】

钿车：有金玉装饰的车。

落梅妆：宋武帝女儿奉阳公主因梅花落额上，而成梅花妆。

定西番

紫塞月明千里，金甲冷，戍楼寒，梦长安。

乡思望中天阔，漏残星亦残。

画角数声呜咽，雪漫漫。

【注释】

紫塞：指北方边塞。

金甲：金属铠甲。

画角：古代的一种军乐器。

玉楼春

春入横塘摇浅浪，花落小园空惆怅。

此情谁信为狂夫，恨翠愁红流枕上。

小玉窗前嗔燕语，红泪滴窗金线缕。

雁归不见报郎归，织成锦字封过与。

【注释】

恨翠愁红：此处指代泪水。

小玉：原指唐传奇中的人物霍小玉。此处泛指思妇。

过与：寄与。

西溪子

捍拨双盘金凤，蝉鬓玉钗摇动。

画堂前，人不语，弦解语。

弹到昭君怨处，翠蛾愁，不抬头。

【注释】

捍拨：弹拨乐器的饰物，用来防护琴身，以免弹拨时磨坏其处。

双盘金凤：指弹拨乐器上的涂金凤纹。

昭君怨：琵琶曲名，相传为王昭君远嫁匈奴后所作，主要表达一种哀怨情感。

江城子

其一

鸡鶒飞起郡城东，碧江空，半滩风。

越王宫殿，蘋叶藕花中。

帘捲水楼鱼浪起，千片雪，雨濛濛。

其二

极浦烟消水鸟飞，离筵分首时，送金卮。

渡口杨花，狂雪任风吹。

日暮天空波浪急，芳草岸，雨如丝。

【注释】

金卮：金樽，古代的一种饮酒器。

張泌
二十七首

張泌，字子澄，唐朝安徽淮南人。張
泌的詞用字工煉，章法巧妙，描繪細膩，
用語流便。

浣溪沙

其一

钿毂香车过柳堤，桦烟分处马频嘶，为他沉醉不成泥。
花满驿亭香露细，杜鹃声断玉蟾低，含情无语倚楼西。

【注释】

钿毂：指饰有金花的车轮。

玉蟾：指代月亮。

其二

马上凝情忆旧游，照花淹竹小溪流，钿筝罗幕玉搔头。
早是出门长带月，可堪分袂又经秋，晚风斜日不胜愁。

【注释】

玉搔头：玉钗。

早是：已是。

分袂：离别，分手。

其三

独立寒阶望月华，露浓香泛小庭花，绣屏愁背一灯斜。
云雨自从分散后，人间无路到仙家，但凭魂梦访天涯。

其四

依约残眉理旧黄，翠鬟抛掷一簪长，暖风晴日罢朝妆。
闲折海棠看又撚，玉纤无力惹余香，此情谁会倚斜阳。

【注释】

依约：隐约的意思。

旧黄：指残留的额黄。

玉纤：指玉指，白皙的手指。

会：理解、理会。

其五

翡翠屏开绣幄红，谢娥无力晓妆慵，锦帷鸳被宿香浓。
微雨小庭春寂寞，燕飞莺语隔帘栊，杏花凝恨倚东风。

【注释】

绣幄：即绣帐。

谢娥：谢娘。此处为大户人家女儿的泛称。

其六

枕障燻炉隔绣帷，二年终日两相思，杏花明月始应知。
天上人间何处去，旧欢新梦觉来时，黄昏微雨画帘垂。

【注释】

枕障：枕屏的意思。

其七

花月香寒悄夜尘，绮筵幽会暗伤神，婵娟依约画屏人。
人不见时还暂语，令才抛后爱微颦，越罗巴锦不胜春。

【注释】

悄夜：静夜。

婵娟：指代月亮，形态美好。

依约：隐约。

令才：美好的才华。

抛：抛掷、丢弃、放弃。

颦：皱眉头。

越罗巴锦：吴越及巴蜀生产的丝织品。

不胜春：不尽春。

其八

偏戴花冠白玉簪，睡容新起意沉吟，翠钿金缕镇眉心。
小槛日斜风悄悄，隔帘零落杏花阴，断香轻碧锁愁深。

【注释】

沉吟：间断的低声自语，犹豫不决。

镇眉心：即压眉心。

断香轻碧：指零落的杏花。

其九

晚逐香车入凤城，东风斜揭绣帘轻，慢回娇眼笑盈盈。
消息未通何计是，便须伴醉且随行，依稀闻道太狂生。

【注释】

凤城：此处指代京城。

消息：音讯。此处指对车中美人的情意。

便须：即应。

太狂生：此处指车中美人的嗔骂语。

其十

小市东门欲雪天，众中依约见神仙，蕊黄香画贴金蝉。
饮散黄昏人草草，醉容无语立门前，马嘶尘烘一街烟。

【注释】

蕊黄：即额黄。

画：点画。

贴金蝉：指佩戴金色蝉形钗。

草草：匆促，仓促。

尘烘：尘土扬起。

临江仙

烟收湘渚秋江静，蕉花露泣愁红。

五云双鹤去无踪，几回魂断，凝望向长空。

翠竹暗留珠泪怨，闲调宝瑟波中，花鬟月鬓绿云重。

古祠深殿，香冷雨和风。

【注释】

五云：即五色祥云。

翠竹暗留珠泪怨：用湘妃哭舜帝，泪水沾竹，竹上成斑的典故。

闲调宝瑟波中：用湘水之神湘灵鼓瑟的典故。

古祠深殿：此处特指湘妃祠。

女冠子

露花烟草，寂寞五云三岛，正春深。

貌减潜消玉，香残尚惹襟。

竹疏虚槛静，松密醮坛阴。

何事刘郎去，信沉沉。

【注释】

三岛：指仙境，即三神山。

惹襟：沾染衣襟。

醮坛：即道士行礼祭祀的坛。

河　传

其一

渺莽云水，惆怅暮帆，去程迢递。

夕阳芳草千里，万里，雁声无限起。

梦魂悄断烟波里，心如醉。

相见何处是，锦屏香冷，无睡，被头多少泪。

【注释】

渺莽：通渺茫。

其二

红杏，交枝相映，密密濛濛。

一庭浓艳倚东风，香融，透帘栊。

斜阳似共春光语，蝶争舞，更引流莺妒。

魂销千片玉樽前，神仙，瑶池醉暮天。

【注释】

濛濛：密布、纷杂的样子。

酒泉子

其一

春雨打窗，惊梦觉来天气晓。

画堂深，红焰小，背兰釭。

酒香喷鼻懒开缸，惆怅更无人共醉。

旧巢中，新燕子，语双双。

【注释】

背：此处是熄的意思。

兰釭：指用兰膏点的灯。

其二

紫陌青门，三十六宫春色。

御沟辇路暗相通，杏园风。

咸阳沽酒宝钗空，笑指未央归去。

插花走马落残红，月明中。

【注释】

紫陌：指京都郊野的道路。

青门：原指汉朝长安城东南门。后来泛指京城城门。

三十六宫：形容宫殿多。

御沟：流入宫内的河道。

辇路：指帝王车驾经过的路。

未央：汉朝宫殿名。

走马：驰马。比喻疾驰。

生查子

相见稀，喜相见，相见还相远。

檀画荔枝红，金蔓蜻蜓软。

鱼雁疏，芳信断，花落庭阴晚。

可惜玉肌肤，消瘦成慵懒。

【注释】

檀：浅红色。

金蔓蜻蜓软：指金属质地的蜻蜓形状的首饰。

鱼雁：古人有鱼雁传书之说。

思越人

燕双飞，莺百啭，越波堤下长桥。

斗钿花筐金匣恰，舞衣罗薄纤腰。

东风淡荡慵无力，黛眉愁聚春碧。

满地落花无消息，月明肠断空忆。

【注释】

斗钿花筐：指妇女的头饰。

淡荡：指使人和畅，多用来形容春天的风物。

满宫花

花正芳，楼似绮，寂寞上阳宫里。

钿笼金锁睡鸳鸯，帘冷露华珠翠。

娇艳轻盈香雪腻，细雨黄莺双起。

东风惆怅欲清明，公子桥边沉醉。

【注释】

上阳宫：唐朝宫殿名称。遗址在今河南洛阳。

香雪腻：形容佳人肌肤芬芳白皙润泽。

柳　枝

腻粉琼妆透碧纱，雪休夸。

金凤搔头堕鬓斜，发交加。

倚着云屏新睡觉，思梦笑。

红腮隐出枕函花，有些些。

【注释】

些些：些许，少许，有一些。

南歌子

其一

柳色遮楼暗，桐花落砌香。

画堂开处远风凉，高捲水晶帘额，衬斜阳。

【注释】

砌：指汉白玉台阶。

帘额：指帘的高处。

其二

岸柳拖烟绿，庭花照日红。

数声蜀魄入帘栊，惊断碧窗残梦，画屏空。

【注释】

拖：曳引。

蜀魄：杜鹃鸟的别名。

其三

锦荐红鸂鶒，罗衣绣凤凰。

绮疎飘雪北风狂，帘幕尽垂无事，郁金香。

【注释】

锦荐：锦垫。

红鸂鶒：绣有红色鸂鶒鸟。

绮疏：雕饰花纹的窗户。

江城子

其一

碧栏干外小中庭，雨初晴，晓莺声。

飞絮落花，时节近清明。

睡起捲帘无一事，匀面了，没心情。

【注释】

匀面了：化妆罢了的意思。

其二

浣花溪上见卿卿，脸波明，黛眉轻。

绿云高绾，金簇小蜻蜓。

好是问他来得么？和笑道，莫多情。

【注释】

浣花溪：又名百花潭，为锦江支流，位于今四川成都西郊。

好是：最好是，恰好是，正是。

和笑：含笑。

河渎神

古树噪寒鸦，满庭枫叶芦花。

昼灯当午隔轻纱，画阁珠帘影斜。

门外往来祈赛客，翩翩帆落天涯。

回首隔江烟火，渡头三两人家。

【注释】

轻纱：指轻纱灯罩。

祈赛：指祈福神祇。

蝴蝶儿

蝴蝶儿，晚春时，阿娇初着淡黄衣，倚窗学画伊。

还似花间见，双双对对飞。

无端和泪拭胭脂，惹教双翅垂。

【注释】

阿娇：汉武帝刘彻姑母馆陶长公主的女儿，汉武帝的皇后，后被

废后。此处代指美人。

伊：指蝴蝶。

毛文锡
三十一首

毛文锡，字平珪，唐末五代高阳（今河北）人，一作南阳（今河南）人。

虞美人

其一

鸳鸯对浴银塘暖，水面蒲梢短。

垂杨低拂麹尘波，蛟丝结网露珠多，滴圆荷。

遥思桃叶吴江碧，便是天河隔。

锦鳞红鬣影沉沉，相思空有梦相寻，意难任。

【注释】

麹尘波：淡黄色的波浪。

桃叶：晋朝人王献之爱妾的名字。此处指所怀念的人。

锦鳞红鬣：原指彩鳞红鳍的鱼，此处代指信使。

任：负担、承受。

其二

宝檀金缕鸳鸯枕，绥带盘宫锦。

夕阳低映小窗明，南园绿树语莺莺，梦难成。

玉炉香暖频添炷，满地飘轻絮。

珠帘不捲度沉烟，庭前闲立画秋千，艳阳天。

【注释】

添炷：添香炷。

沉烟：燃沉香木起的烟。

酒泉子

绿树春深，燕语莺啼声断续。

蕙风飘荡入芳丛，惹残红。

柳丝无力袅烟空，金盏不辞须满酌。

海棠花下思朦胧，醉香风。

【注释】

蕙风：指夹带花草芳香的风。

残红：指落花。

喜迁莺

芳春景，暖晴烟，乔木见莺迁。

传枝偎叶语关关，飞过绮丛间。

锦翼鲜，金毳软，百啭千娇相唤。

碧纱窗晓怕闻声，惊破鸳鸯暖。

【注释】

暖：日光晦暗。

关关：指莺叫声，拟声词。

金毳：鸟的金色腹毛。

赞成功

海棠未坼，万点深红，香包缄结一重重。

似含羞态，邀勒春风。

蜂来蝶去，任绕芳丛。

昨夜微雨，飘洒庭中。

忽闻声滴井边桐，美人惊起，坐听晨钟。

快教折取，戴玉珑璁。

【注释】

坼：绽裂。

香包：指花苞。

缄结：封闭的意思。

邀勒：强求，逼迫。

玉珑璁：指代女子的首饰。

西溪子

昨日西溪游赏，芳树奇花千样，锁春光。

金樽满，听弦管，娇妓舞衫香暖。

不觉到斜晖，马驮归。

中兴乐

豆蔻花繁烟艳深，丁香软结同心。

翠鬟女，相与共淘金。

红蕉叶里猩猩语，鸳鸯浦，镜中鸾舞。

丝雨隔，荔枝阴。

【注释】

淘金：用水冲刷含金的沙子，选出沙金。

红蕉：一种芭蕉。

猩猩语：猩猩叫声如小儿啼，古人传其能说话。

更漏子

春夜阑，春恨切，花外子规啼月。

人不见，梦难凭，红纱一点灯。

偏怨别，是芳节，庭下丁香千结。

宵雾散，晓霞辉，梁间双燕飞。

【注释】

春夜阑：春夜将尽的意思。

一点灯：即一盏灯。

接贤宾

香鞯镂襜五花骢，值春景初融。

流珠喷沫，蹩蹀汗，血流红。

少年公子能乘驭，金镳玉辔珑璁。

为惜珊瑚鞭不下，骄生百步千踪。

信穿花，从拂柳，向九陌追风。

【注释】

香鞯镂襜：指精美的马鞍具。

流珠喷沫：马喷涌的唾沫。

蹩蹀：马行走的样子。

血流红：马汗颜色如血。

金镳：饰金的马嚼子。

珑璁：光洁的样子。

珊瑚鞭：华贵的马鞭。

信：此处指信马，任马奔驰的意思。

九陌：指都城中的大道。

赞浦子

锦帐添香睡，金炉换夕燻。

懒结芙蓉带，慵拖翡翠裙。

正是桃夭柳媚，那堪暮雨朝云。

宋玉高唐意，裁琼欲赠君。

【注释】

桃夭柳媚：桃花艳丽、杨柳妩媚。比喻妙龄的女子。

暮雨朝云：用宋玉《高唐赋》中巫山神女"旦为朝云，暮为行雨"的典故。

琼：琼瑶，此处代指情书。

甘州遍

其一

春光好，公子爱闲游，足风流。

金鞍白马，雕弓宝剑，红缨锦襜出长秋。

花蔽膝，玉衔头。

寻芳逐胜欢宴，丝竹不曾休。

美人唱，揭调是甘州。醉红楼。

尧年舜日，乐圣永无忧。

【注释】

红缨：此处指红色马的缰绳。

锦襜：用锦制作而成的马鞍垫。

长楸：有楸树的大道，代指大路。

蔽膝：护膝的围裙。

玉衔头：玉饰的马嚼子。

揭调：高调。

甘州：唐朝教坊的曲名。

尧年舜日：比喻太平盛世。

乐圣：古人称嗜酒为乐圣。此处指饮酒。

其二

秋风紧，平碛雁行低，阵云齐。

萧萧飒飒，边声四起，愁闻戍角与征鼙。

青冢北，黑山西。

沙飞聚散无定，往往路人迷。

铁衣冷，战马血沾蹄，破番奚。

凤凰诏下，步步蹑丹梯。

【注释】

平碛：指沙漠。

萧萧：摇动的样子。

飒飒：风声。

征鼙：战鼓。

青冢：王昭君墓。相传王昭君墓上草色常青。

黑山：在今内蒙古包头西北。

番奚：匈奴的别称。

凤凰诏：指皇帝的诏书。

丹梯：宫殿的台阶，借指仕途上升之路。

纱窗恨

其一

新春燕子还来至，一双飞。

垒巢泥湿时时坠，浣人衣。

后园里看百花发，香风拂绣户金扉。

月照纱窗，恨依依。

【注释】

浣：弄脏。

其二

双双蝶翅涂铅粉，咂花心。

绮窗绣户飞来稳，画堂阴。

二三月爱随飘絮，伴落花来拂衣襟。

更剪轻罗片，傅黄金。

【注释】

铅粉：古代女子擦脸用的化妆品。

唼花心：吮花蕊。

轻罗片：形容蝶翅轻薄。

傅黄金：敷黄金，形容蝶翅的颜色好像附着了金粉一样。

柳含烟

其一

隋堤柳，汴河旁。

夹岸绿阴千里，龙舟凤舸木兰香，锦帆张。

因梦江南春景好，一路流苏羽葆。

笙歌未尽起横流，锁春愁。

【注释】

汴河：即汴水，又名通济渠。隋炀帝游江都经此道，今久废。

锦帆：锦制的船帆。

羽葆：仪仗中的华盖，用鸟羽连缀制成。

起横流：发生变故，此处指隋朝灭亡。

其二

河桥柳，占芳春。

映水含烟拂路，几回攀折赠行人，暗伤神。

乐府吹为横笛曲，能使离肠断续。

不如移植在金门，近天恩。

【注释】

横笛曲：指乐府横吹曲中的《折杨柳曲》。

金门：金马门，代指皇宫。

其三

章台柳，近垂旒。

低拂往来冠盖，朦胧春色满皇州，瑞烟浮。

直与路边江畔别，免被离人攀折。

最怜京兆画蛾眉，叶纤时。

【注释】

章台柳：汉朝长安章台街所植的柳树。

垂旒：帝王冠冕上的装饰，用丝绳系玉下垂。

冠盖：官吏的服饰和车乘，借指官吏。

皇州：京城。

瑞烟：祥瑞的烟。

直：即使。

京兆画蛾眉：用汉朝京兆尹张敞为其妻画眉的典故。形容柳叶纤细如眉。

其四

御沟柳，占春多。

半出宫墙婀娜，有时倒影醮轻罗，麴尘波。

昨日金銮巡上苑，风亚舞腰纤软。

栽培得地近皇宫，瑞烟浓。

【注释】

婀娜：摇曳的样子。

醮：浸入的。

轻罗：形容柳条轻柔的样子。

麴尘：淡黄色。

金銮：金銮殿。此处代指皇帝。

上苑：皇帝的庭苑。

风亚：被风吹低。

舞腰：形容柳条婀娜的样子。

醉花间

其一

休相问，怕相问，相问还添恨。

春水满塘生，鸂鶒还相趁。

昨夜雨霏霏，临明寒一阵。

偏忆戍楼人，久绝边庭信。

【注释】

相趁：跟随，相伴的意思。

边庭：边塞。

其二

深相忆，莫相忆，相忆情难极。

银汉是红墙，一带遥相隔。

金盘珠露滴，两岸榆花白。

风摇玉珮清，今夕为何夕。

【注释】

银汉是红墙，一带遥相隔：用银河阻隔牛郎织女来比喻有情人不
得团聚。

金盘：承露盘。

浣沙溪

春水轻波浸绿苔，枇杷洲上紫檀开。

晴天眠沙鸂鶒稳，暖相偎。

罗袜生尘游女过，有人逢着弄珠回。

兰麝飘香初解珮，忘归来。

【注释】

罗袜生尘：典出曹植《洛神赋》："凌波微步，罗袜生尘。"出游的女子经过时罗袜上带着露水。尘，尘雾。

弄珠：即戏珠。

解珮：即解佩。《列仙传》云：江妃二女曾解下佩玉，赠予郑交甫。

浣溪沙

七夕年年信不违，银河清浅白云微。

蟾光鹊影伯劳飞，每恨蟪蛄怜婺女。

几回娇妒下鸳机，今宵嘉会两依依。

【注释】

七夕：指农历七月初七夜。民间传说牛郎织女此夜在天河相会。

蟾光：指月光。

鹊影：鹊为桥，故写鹊影。

伯劳：鸟名。

蟪蛄：蝉的一种，秋日悲鸣。

婺女：星名，二十八宿之一，代指织女。

月宫春

水晶宫里桂花开，神仙探几回。

红芳金蕊绣重台，低倾玛瑙杯。

玉兔银蟾争守护，嫦娥姹女戏相偎。

遥听钧天九奏，玉皇亲看来。

【注释】

水晶宫：月宫。传说月中有桂树。

重台：指花的复瓣。

玉兔银蟾：传说月中有玉兔、有银蟾蜍。

姹女：此处指月中美女。

钧天九奏：天上仙乐。

玉皇：玉皇大帝，道教中最大的神。

恋情深

其一

滴滴铜壶寒漏咽，醉红楼月。

宴余香殿会鸳衾，荡春心。

真珠帘下晓光侵，莺语隔琼林。

宝帐欲开慵起，恋情深。

【注释】

真珠帘：珍珠穿成的帘子。

琼林：树木的美称。

其二

玉殿春浓花烂熳，簇神仙伴。

罗裙窣地缕黄金，奏清音。

酒阑歌罢两沉沉，一笑动君心。

永愿作鸳鸯伴，恋情深。

【注释】

窣地：拂地。

酒阑：酒筵将尽。

诉衷情

其一

桃花流水漾纵横，春昼彩霞明。

刘郎去，阮郎行，惆怅恨难平。

愁坐对云屏，算归程。

何时携手洞边迎，诉衷情。

【注释】

纵横：桃花相交。

刘郎去，阮郎行：指刘晨、阮肇在天台山遇仙女的那件事。

云屏：以云母装饰的屏风，色彩鲜丽明亮，为富贵人家的陈设品。

其二

鸳鸯交颈绣衣轻，碧沼藕花馨。

偎藻荇，映兰汀，和雨浴浮萍。

思妇对心惊，想边庭。

何时解珮掩云屏，诉衷情。

【注释】

绣衣轻：比喻鸳鸯羽翼。

藻荇：水生植物。

兰汀：长有兰草的水中小洲。

解珮：指征人解珮，比喻征人回归。

应天长

平江波暖鸳鸯语，两两钓船归极浦。

芦洲一夜风和雨，飞起浅沙翘雪鹭。

渔灯明远渚，兰棹今宵何处。

罗袂从风轻举，愁杀采莲女。

【注释】

雪鹭：白鹭。

罗袂：罗袖。

愁杀：愁煞，愁极。

河满子

红粉楼前月照，碧纱窗外莺啼。

梦断辽阳音信，那堪独守空闺。

恨对百花时节，王孙绿草萋萋。

【注释】

红粉楼：古代妇女的妆楼。

辽阳：此处代指征人所在地。

王孙：古代对贵族公子的称呼，此处代指游子。

萋萋：草木茂盛的样子。

巫山一段云

雨霁巫山上，云轻映碧天。

远峯吹散又相连，十二晚峯前。

暗湿啼猿树，高笼过客船。

朝朝暮暮楚江边，几度降神仙。

临江仙

暮蝉声尽落斜阳，银蟾影挂潇湘。

黄陵庙侧水茫茫，楚山红树，烟雨隔高唐。

岸泊渔灯风飐碎，白蘋远散浓香。

灵娥鼓瑟韵清商，朱弦凄切，云散碧天长。

【注释】

银蟾：代指月亮。

黄陵庙：在今湖南湘阴县北湘水入洞庭湖处，祠舜之二妃娥皇、女英。

灵娥：即湘灵、湘水之神。

清商：古五音之一。商声，其调凄清悲凉。

牛希济
十一首

牛希济，五代词人。913 年前后在世。

前蜀王衍时，曾任翰林学士。

临江仙

其一

峭碧参差十二峯，冷烟寒树重重。

瑶姬宫殿是仙踪，金炉珠帐，香霭昼偏浓。

一自楚王惊梦断，人间无路相逢。

至今云雨带愁容，月斜江上，征棹动晨钟。

【注释】

瑶姬：巫山神女。

霭：云气，烟雾，此处指香炉的烟雾。

楚王惊梦：指楚王与巫山神女相遇之事。

征棹：远行的船只。棹：摇船的用具，此处指舟船。

其二

谢家仙观寄云岑，崖萝拂地成阴。

洞房不闭白云深，当时丹竈，一粒化黄金。

石壁霞衣犹半挂，松风长似鸣琴。

时间唳鹤起前林，十洲高会，何处许相寻？

【注释】

谢家：谢真人。相传谢女得道于谢女峡。一名谢女澳，在今广东香山境海域中。

云岑：山的高峰。

洞房：仙家以洞为居地。

丹灶：谢女炼丹的炉灶。

一粒化黄金：丹砂化为一粒黄金，代指仙丹已经炼成。

十洲：道教认为八方大海中的十处神仙住所。

其三

渭阙宫城秦树凋，玉楼独上无聊。

含情不语自吹箫，调清和恨，天路逐风飘。

何事乘龙入忽降，似知深意相招。

三清携手路非遥，世间屏障，彩笔画娇娆。

【注释】

渭阙宫城：秦朝的宫城，因地近渭水，故称。

何事乘龙入忽降，似知深意相招：因何事而乘龙以降，怀着深情相约而去。根据《列仙传》记载：周宣王的史官萧史善吹箫作凤鸣。秦穆公以女弄玉妻之，日教弄玉吹箫，数年而似凤鸣。有凤来止，公为筑凤台，后萧史乘龙，弄玉乘凤，俱飞升去。这两句话就是用此典故。

三清：指仙人所居地。

屏障：屏风。

娇娆：美人。此处代指弄玉。

其四

江绕黄陵春庙闲，娇莺独语关关。

满庭重叠绿苔斑，阴云无事，四散自归山。

箫鼓声稀香烬冷，月娥敛尽弯环。

风流皆道胜人间，须知狂客，拚死为红颜。

【注释】

黄陵春庙：即黄陵庙。此词咏湘妃。

其五

素洛春光潋滟平，千重媚脸初生。

凌波罗袜势轻轻，烟笼日照，珠翠半分明。

风引宝衣疑欲舞，鸾回凤翥堪惊。

也知心许无恐成，陈王辞赋，千载有声名。

【注释】

素洛：指清澄的洛水。

潋滟：水波摇荡。

凌波罗袜势轻轻：洛神步履轻盈。语出曹植《洛神赋》："凌波微步，罗袜生尘。"

陈王辞赋：陈思王曹植作《洛神赋》。

其六

柳带摇风汉水滨，平芜两岸争匀。

鸳鸯对浴浪痕新。弄珠游女，微笑自含春。

轻步暗移蝉鬓动，罗裙风惹轻尘。

水晶宫殿岂无因？空劳牵手，解珮赠情人。

【注释】

弄珠游女：指汉朝时皋游女遇郑交甫之事。《韩诗外传》：“郑交甫南适楚，遵彼汉皋台下，遇二女，佩两珠，交甫目而挑之，二女解佩赠之。”

水晶宫殿：指神女所居处。

情人：指郑交甫。

其七

洞庭波浪飐晴天，君山一点凝烟。

此中真境属神仙，玉楼珠殿，相映月轮边。

万里平湖秋色冷，星辰垂影参然。

橘林霜重更红鲜，罗浮山下，有路暗相连。

【注释】

洞庭：即洞庭湖。

君山：洞庭山，又名湘山，在洞庭湖中。

玉楼珠殿：指君山上的湘妃祠。

参然：星光闪烁，时隐时现的样子。

罗浮山：传说中的仙山。在今广东增城、博罗、河源等县间，长达百余公里，风景秀丽。

酒泉子

枕转簟凉，清晓远钟残梦。
月光斜，帘影动，旧炉香。
梦中说尽相思事，纤手匀双泪。
去年书，今日意，断离肠。

生查子

春山烟欲收，天淡稀星小。
残月脸边明，别泪临清晓。
语已多，情未了，回首犹重道。
记得绿罗裙，处处怜芳草。

【注释】

重道：再次说。

中兴乐

池塘暖碧浸晴晖，濛濛柳絮轻飞。

红蕊凋来，醉梦还稀。

春云空有雁归，珠帘垂。

东风寂寞，恨郎抛掷，泪湿罗衣。

谒金门

秋已暮，重叠关山歧路。

嘶马摇鞭何处去，晓禽霜满树。

梦断禁城钟鼓，泪滴枕檀无数。

一点凝红和薄雾，翠蛾愁不语。

【注释】

枕檀：指檀木枕头。

翠蛾：美女。此处指思妇。

欧阳炯
十七首

欧阳炯（896—971 年），益州（今四川成都）人，在后蜀任职为中书舍人。据《宣和画谱》载，他事孟昶时历任翰林学士、门下侍郎同平章事，随孟昶降宋后，出任散骑常侍。欧阳炯工诗文，特别长于词，又善长笛，是花间派重要作家。

浣溪沙

其一

落絮残莺半日天，玉柔花醉只思眠，惹窗映竹满炉烟。
独掩画屏愁不语，斜倚瑶枕髻鬟偏，此时心在阿谁边。

【注释】

阿谁：谁。

其二

天碧罗衣拂地垂，美人初着更相宜，宛风如舞透香肌。
独坐含颦吹凤竹，园中缓步折花枝，有情无力泥人时。

【注释】

宛风：指柔风。
泥人：此处指人醉如泥。

其三

相见休言有泪珠，酒阑重得叙欢娱，凤屏鸳枕宿金铺。
兰麝细香闻喘息，绮罗纤缕见肌肤，此时还恨薄情无。

【注释】

金铺：门上铺首，用以衔环。此处代指闺房。

三字令

春欲尽，日迟迟，牡丹时。

罗幌捲，翠帘垂。

彩笺书，红粉泪，两心知。

人不在，燕空归，负佳期。

香烬落，枕函欹。

月分明，花淡薄，惹相思。

【注释】

罗幌：指丝织帷幌。

枕函欹：枕头倾斜。欹：倾斜。

南乡子

其一

嫩草如烟，石榴花发海南天。

日暮江亭春影绿，鸳鸯浴，水远山长看不足。

其二

画舸亭桡，槿花篱外竹横桥。

水上游人沙上女，回顾，笑指芭蕉林里住。

【注释】

亭桡：停桨，此处指停船。

其三

岸远沙平，日斜归路晚霞明。

孔雀自怜金翠尾，临水，认得行人惊不起。

其四

洞口谁家，木兰船系木兰花。

红袖女郎相引去，游南浦，笑倚春风相对语。

【注释】

相引去：相约去。

其五

二八花钿，胸前如雪脸如莲。

耳坠金环穿瑟瑟，霞衣窄，笑倚江头招远客。

【注释】

二八花钿：代指少女。二八：十六岁。

瑟瑟：指绿宝石。

其六

路入南中，桄榔叶暗蓼花红。

两岸人家微雨后，收红豆，树底纤纤抬素手。

【注释】

南中：泛指南方，南部地区。

桄榔：树名。常绿树。

其七

袖敛鲛绡，采香深洞笑相邀。

藤杖枝头芦酒滴，铺葵席，豆蔻花间趁晚日。

【注释】

鲛绡：相传为鲛人所织的绡。此处特指手帕。

趁晚日：指太阳落山。

其八

翡翠鵁鶄，白蘋香里小沙汀。

岛上阴阴秋雨色，芦花扑，数只渔船何处宿。

献衷心

见好花颜色，争笑东风。

双脸上，晚妆同。

闭小楼深阁，春景重重。

三五夜，偏有恨，月明中。

情未已，信曾通，满衣犹自染檀红。

恨不如双燕，飞舞帘栊。

春欲暮，残絮尽，柳条空。

【注释】

三五夜：农历十五日晚上。

贺明朝

其一

忆昔花间初识面。红袖半遮，妆脸轻转。

石榴裙带，故将纤纤玉指偷撚，双凤金线。

碧梧桐锁深深院。谁料得两情，何日教缱绻。

羡春来双燕。飞到玉楼，朝暮相见。

【注释】

缱绻：牢结，不离散。

其二

忆昔花间相见后，只凭纤手，暗抛红豆。

人前不解，巧传心事。别来依旧，辜负春昼。

碧罗衣上蹙金绣，觑对对鸳鸯，空裛泪痕透。

想韶颜非久，终是为伊，只恁偷瘦。

【注释】

暗抛红豆：暗中抛掷红豆，以表相思情。

蹙金绣：用金丝银线刺绣成皱纹状。

裛：沾湿，浸染之意。

韶颜：指美好容颜。

只恁：竟然如此。

江城子

晚日金陵岸草平，落霞明，水无情。

六代繁华，暗逐逝波声。

空有姑苏台上月，如西子镜，照江城。

【注释】

金陵：南京的故称。

六代：指东吴、东晋、宋、齐、梁、陈都定都在金陵。

姑苏台：位于今江苏苏州西南姑苏山上，为春秋时吴国修筑。

江城：指金陵。

凤楼春

凤髻绿云丛，深掩房栊。

锦书通，梦中相见觉来慵，匀面泪脸珠融。

因想玉郎何处去，对淑景谁同。

小楼中，春思无穷。

倚栏颙望，暗牵愁绪，柳花飞起东风。

斜日照帘，罗幌香冷粉屏空。

海棠零落，莺语残红。

【注释】

绿云丛：指发丛。

淑景：美景。

颙望：仰头远望的意思。

和凝
二十首

和凝（898—955年），字成绩，郓州
须昌（今山东东平）人，五代时文学家、
法医学家。

小重山

其一

春入神京万木芳。禁林莺语滑，蝶飞狂。
晓花擎露妒啼妆。红日永，风和百花香。
烟锁柳丝长。御沟澄碧水，转池塘。
时时微雨洗风光。天衢远，到处引笙簧。

【注释】

神京：帝都。

禁林：皇家的园林。

莺语滑：指莺叫声流利。

啼妆：古代妇女以粉薄拭目下，好像啼痕。

天衢：指通往帝都的路。

笙簧：代指竹制类乐器。

其二

正是神京烂熳时，群仙初折得，郄诜枝。
乌犀白纻最相宜，精神出，御陌袖鞭垂。
柳色展愁眉，管弦分响亮，探花期。
光阴占断曲江池，新榜上，名姓彻丹墀。

【注释】

郤诜枝：此处指登科中举，即折桂。典出《晋书·郤诜传》。郤诜自称："臣举贤良策为天下第一，犹桂林一枝，昆山之一片玉。"帝笑。

乌犀白纻：乌黑色的带钩，洁白的夏布衫，此处指新进士的穿着。

探花期：指进士初宴的时间。唐朝时的习俗，进士在曲江、杏园初宴，称探花宴，以进士少俊者二人为探花使。

丹墀：漆成红色的石阶，此处代指皇宫。

临江仙

其一

海棠香老春江晚，小楼雾縠涳濛。

翠鬟初出绣帘中，麝烟鸾珮惹蘋风。

碾玉钗摇鸂鶒战，雪肌云鬓将融。

含情遥指碧波东，越王台殿蓼花红。

【注释】

雾縠：原指薄雾般的轻纱，此处指薄如轻纱的云雾。

蘋风：即微风。

鸂鶒战：指鸂鶒鸟形首饰在头上颤动。战：通颤。

其二

披袍窣地红宫锦，莺语时啭轻音。

碧罗冠子稳犀簪，凤凰双飐步摇金。

肌骨细匀红玉软，脸波微送春心。

娇羞不肯入鸳衾，兰膏光里两深情。

【注释】

犀簪：犀角制成的发簪。

步摇金：黄金制成的步摇首饰。

肌骨细匀：比喻美女的肤色靓丽。

兰膏：代指兰灯。

菩萨蛮

越梅半坼轻寒裏，冰清淡薄笼蓝水。

暖觉杏梢红，游丝惹狂风。

闲堦莎径碧，远梦犹堪惜。

离恨又迎春，相思难重陈。

【注释】

蓝水：水名，源出陕西蓝田东蓝田谷，汇入灞水。

莎径碧：指长着绿色莎草的小径。

山花子

其一

莺锦蝉縠馥麝脐，轻裾花早晓烟迷。

鸂鶒战金红掌坠，翠云低。

星靥笑偎霞脸畔，蹙金开襜衬银泥。

春思半和芳草嫩，碧萋萋。

【注释】

蝉縠：薄如蝉翼的轻纱。

麝脐：麝香。

轻裾：轻袖。

鸂鶒：古代妇女佩戴的鸂鶒形状的饰物。

星靥：即黄星靥，唐代妇女的一种面妆。

蹙金开襜：用金丝线刺绣成皱纹状的一种短裙。

银泥：一种用银粉调制成的颜料，用来涂饰衣物或者面部。

其二

银字笙寒调正长，水纹簟冷画屏凉。

玉腕重金扼臂，淡梳妆。

几度试香纤手暖，一回尝酒绛唇光。

佯弄红丝蝇拂子，打檀郎。

【注释】

银字：用银粉书写的文字。

水纹簟：编有水纹的竹席。

扼臂：约束手臂。

蝇拂子：古代用来扑打苍蝇的器物，用丝或者马尾巴制成。

檀郎：原本指潘安，后来代称美男子，此处是对情人的爱称。

河满子

其一

正是破瓜年几，含情惯得人饶。

桃李精神鹦鹉舌，可堪虚度良宵。

却爱蓝罗裙子，羡他长束纤腰。

【注释】

破瓜年几：古代将女子十六岁称之为破瓜。年几通年纪。

惯：指纵容的意思。

人饶：要人相让，宽恕。

其二

写得鱼笺无限，其如花锁春晖。

目断巫山云雨，空教残梦依依。

却爱爇香小鸭，羡他长在屏帏。

【注释】

鱼笺：蜀地的笺。此处代指情书。

熏香小鸭：指鸭形的小香炉。

薄命女

天欲晓，宫漏穿花声缭绕。

窗里星光少，冷霞寒侵帐额，残月光沉树杪。

梦断锦帷空悄悄，强起愁眉小。

【注释】

树杪：即树梢。

望梅花

春草全无消息，腊雪犹余踪迹。

越岭寒枝香自坼，冷艳奇芳堪惜。

何事寿阳无处觅，吹入谁家横笛。

【注释】

越岭：即越城岭。

寿阳：指宋武帝女寿阳公主。此用其梅妆的典故。

横笛：横笛曲。此处指《梅花落》。

天仙子

其一

柳色披衫金缕凤，纤手轻拈红豆弄，翠蛾双敛正含情。
桃花洞，瑶台梦，一片春愁谁与共。

【注释】

桃花洞：指刘晨、阮肇在天台山采药遇仙女的地方。

瑶台梦：梦入仙境。瑶台：相传为神仙居住的地方。

其二

洞口春红飞蔌蔌，仙子含愁眉黛绿，阮郎何事不归来。
懒烧金，慵篆玉。流水桃花空断续。

【注释】

洞口：此处指桃花洞的洞口。

蔌蔌：象声词。此处指风吹落花的声音。

烧金：指焚香于炉。

篆玉：盘香。此处代指焚香。

春光好

其一

纱窗暖，画屏间，觯云鬟。
睡起四肢无力，半春闲。
玉指剪裁罗胜，金盘点缀酥山。
窥宋深心无限事，小眉弯。

【注释】

觯云鬟：指发鬟下垂。

罗胜：绮罗所做的饰物。

窥宋：即窥视宋玉。出自宋玉的《登徒子好色赋》。此处指女子对
意中人的爱慕。

其二

蘋叶软，杏花明，画船轻。
双浴鸳鸯出绿汀，棹歌声。
春水无风无浪，春天半雨半晴。
红粉相随南浦晚，几含情。

【注释】

棹歌声：船家划船时唱的歌声。

红粉：原指妇女化妆用的胭脂和铅粉，此处指代美女。

采桑子

蟠蛴领上诃梨子，绣带双垂。

椒户闲时，竞学樗蒲赌荔枝。

丛头鞋子红编细，裙窣金丝。

无事颦眉，春思翻教阿母疑。

【注释】

蟠蛴领：天牛、桑牛的幼虫，因色白丰洁而长，古人用以比喻妇女的颈。蟠蛴领就是指妇女的衣领。

诃梨子：本名诃梨勒，天竺果名。此处指妇女衣领上所绣的花饰。

椒户：即椒房殿，汉朝皇后所居的宫殿。

樗蒲：古代的一种赌博游戏。

丛头鞋子：鞋头如花丛状的一种鞋。

红编：指红色的鞋带。

翻教：反使。

柳 枝

其一

软碧摇烟似送人，映花时把翠蛾颦。

青青自是风流主，慢飐金丝待洛神。

【注释】

翠蛾颦：此处是将柳枝拟人化，其翠叶如蛾眉常皱。

洛神：洛水女神。

其二

瑟瑟罗裙金缕腰，黛眉偎破未重描。

醉来咬损新花子，拽住仙郎尽放娇。

【注释】

瑟瑟：象声词。

偎破：指由于拥抱、紧贴而将所画的黛眉擦坏了。

花子：此处指古代妇女面部的一种装饰物。

仙郎：唐朝时，尚书省各部郎中、员外郎称为仙郎。此处代称俊

美的男子，多用于男女情事时对男子的一种称呼。

其三

雀桥初就咽银河，今夜仙郎自姓和。

不是昔年攀桂树，岂能月裏索嫦娥。

【注释】

自姓和：和凝的自称。

攀桂树：即折桂，喻指科举中第。

渔 父

白芷汀寒立鹭鸶，蘋风轻剪浪花时。

烟幂幂，日迟迟。香引芙蓉惹钓丝。

【注释】

白芷汀：指长满白芷草的水边平地。

蘋风：微风。

幂幂：形容烟雾笼罩的样子。

芙蓉：即荷花。

顾敻
五十五首

顾敻，字琼之。生卒年、籍贯不详，五代词人。前蜀王建时，他以小臣给事内庭，擢茂州刺史。后蜀建国，他又事孟知祥，累官至太尉。《花间集》称其顾太尉。他善艳词，词风似温庭筠。

虞美人

其一

晓莺啼破相思梦，帘捲金泥凤。

宿妆犹在酒初醒，翠翘慵整倚云屏，转娉婷。

香檀细画侵桃脸，罗袂轻轻敛。

佳期堪恨再难寻，绿芜满院柳成阴，负春心。

【注释】

金泥凤：帘上金粉所饰的凤凰形花纹。

香檀：浅红色化妆品，用以涂口或眉。

绿芜：指绿色杂草。

负春心：指辜负了女子对男子的爱慕之情。

其二

触帘风送景阳钟，鸳被绣花重。

晓帷初捲冷烟浓，翠匀粉黛好仪容，思娇慵。

起来无语理朝妆，宝匣镜凝光。

绿荷相倚满池塘，露清枕簟藕花香，恨悠扬。

【注释】

景阳钟：南朝齐武帝以宫深不闻端门鼓漏声，置钟于景阳楼上以应五鼓。宫人闻钟声，早起妆饰。此处泛指钟声。

　　粉黛：古代妇女用的化妆品。粉以饰面，黛以画眉。

其三

　　翠屏闲掩垂珠箔，丝雨笼池阁。

　　露沾红藕咽清香，谢娘娇极不成狂，罢朝妆。

　　小金鸂鶒沉烟细，腻枕堆云髻。

　　浅眉微敛注檀轻，旧欢时有梦魂惊，悔多情。

【注释】

珠箔：珠帘。

小金鸂鶒：装饰有鸂鶒图案的金属香炉。

沉烟：沉香的焚烟。

注檀轻：浅涂红唇。

其四

　　碧梧桐映纱窗晚，花谢莺声懒。

　　小屏屈曲掩青山，翠帷香粉玉炉寒，两蛾攒。

　　颠狂少年轻离别，辜负春时节。

　　画罗红袂有啼痕，魂消无语倚闺门，欲黄昏。

【注释】

屈曲：指小屏上用以折叠的环纽。

玉炉寒：香炉中已经熄火。

两蛾攒：双眉皱着。

颠狂：通癫狂。

其五

深闺春色劳思想，恨共春芜长。

黄鹂娇啭泥芳妍，杏枝如画倚轻烟，锁窗前。

凭栏愁立双蛾细，柳影斜摇砌。

玉郎还是不还家，教人魂梦逐杨花，绕天涯。

【注释】

劳思想：勤思念。

春芜：春日的杂草。

泥芳妍：在花间萦回。

砌：台阶。

其六

少年艳质胜琼英，早晚别三清。

莲冠稳簪钿篦横，飘飘罗袖碧云轻，画难成。

迟迟少转腰身袅，翠靥眉心小。

醮坛风急杏花香。此时恨不驾鸾凤，访刘郎。

【注释】

琼英：看起来像玉的石头。

三清：仙境。

莲冠：道家所戴的莲花冠。

稳簪：将簪子插稳。

醮坛：道士祈祷的坛。

鸾凤：鸾鸟与凤凰。

河　传

其一

燕飏，晴景。小窗屏暖，鸳鸯交颈。

菱花掩却翠鬟欹，慵整。海棠帘外影。

绣帷香断金鸂鶒，无消息，心事空相忆。

倚东风，春正浓。愁红，泪痕衣上重。

【注释】

燕飏：燕高飞。

鸳鸯交颈：此处指屏上绘的鸳鸯图案。

金鸂鶒：装饰有鸂鶒图案的金属香炉。

其二

曲槛，春晚，碧流纹细，绿杨丝软。

露花鲜，杏枝繁，莺啭，野芜平似剪。

直是人间到天上，堪游赏，醉眼疑屏障。

对池塘，惜韶光，断肠，为花须尽狂。

【注释】

曲槛：弯曲的栏杆。

碧流：绿水。

露花鲜：带露珠的花朵，看起来格外鲜艳。

野芜：野草。

韶光：美好的春光，此处借指美好的青春年华。

其三

棹举，舟去，波光渺渺，不知何处。

岸花汀草共依依，雨微，鸥鹭相逐飞。

天涯离恨江声咽，啼猿切，此意向谁说。

倚兰桡，独无聊。魂消，小炉香欲焦。

【注释】

兰桡：指兰舟。

欲焦：将要烧成灰烬的意思。

甘州子

其一

一炉龙麝锦帷傍，屏掩映，烛荧煌。

禁楼刁斗喜初长，罗荐绣鸳鸯。

山枕上，私语口脂香。

【注释】

龙麝：指龙涎香和麝香。

荧煌：烛光半明半暗。

刁斗：小铃。此处指宫中传夜铃，古代行军用具。

罗荐：此处指罗席。

其二

每逢清夜与良晨，多怅望，足伤神。

云迷水隔意中人，寂寞绣罗茵。

山枕上，几点泪痕新。

【注释】

罗茵：指丝罗褥子。

其三

曾如刘阮访仙踪，深洞客，此时逢。

绮筵散后绣衾同，款曲见韶容。

山枕上，长是怯晨钟。

【注释】

刘阮访仙踪：用刘晨、阮肇采药遇仙女的典故。

深洞客：既指刘晨、阮肇所遇的仙女，也指所爱的深闺女子。

款曲：诉说衷情委屈，表达诚挚殷勤的心意。

韶容：指美丽的容貌。

其四

露桃花里小楼深，持玉盏，听瑶琴。
醉归青琐入鸳衾，月色照衣襟。
山枕上，翠钿镇眉心。

【注释】

瑶琴：用玉装饰的琴。

青琐：雕花的窗。此处代指闺房。

镇：压。

其五

红炉深夜醉调笙，敲拍处，玉纤轻。
小屏古画岸低平，烟月满闲庭。
山枕上，灯背脸波横。

【注释】

红炉：火烧得非常旺的香炉。

玉纤：纤细如玉的手指。

玉楼春

其一

月照玉楼春漏促，飒飒风摇庭砌竹。

梦惊鸳被觉来时，何处管弦声断续。

惆怅少年游冶去，枕上两蛾攒细绿。

晓莺帘外语花枝，背帐犹残红蜡烛。

【注释】

庭砌：指庭前的台阶。

游冶：野游，出游寻乐，后多指声色犬马之类的娱乐。

其二

柳映玉楼春日晚，雨细风轻烟草软。

画堂鹦鹉语雕笼，金粉小屏犹半掩。

香灭绣帷人寂寂，倚槛无言愁思远。

恨郎何处纵疏狂，长使含啼眉不展。

【注释】

纵疏狂：放纵不羁的意思。

其三

月皎露华窗影细，风送菊香沾绣袂。

博山炉冷水沉微，惆怅金闺终日闭。

懒展罗衾垂玉箸，羞对菱花簪宝髻。

良宵好事枉教休，无计奈他狂耍壻。

【注释】

水沉：即沉水，为沉香木之心节，置水则沉。此处指以沉香木所做的香料即将燃尽。

玉箸：比喻眼泪。

无计奈他：无计奈他，奈何不了他。

狂耍壻：指女子放荡不羁的丈夫。

其四

拂水双飞来去燕，曲槛小屏山六扇。

春愁凝思结眉心，绿绮懒调红锦荐。

话别情多声欲战，玉箸痕留红粉面。

镇长独立到黄昏，却怕良宵频梦见。

【注释】

绿绮：古琴名，相传汉朝人司马相如作《玉如意赋》，梁王悦之，赐以绿绮琴。

红锦荐：指红锦席。

声欲战：声音颤动。

镇长：常常很久的。

浣溪沙

其一

春色迷人恨正赊，可堪荡子不还家。

细风轻露着梨花，帘外有情双燕飏。

槛前无力绿杨斜，小屏狂梦极天涯。

【注释】

恨正赊：赊：长。恨正赊就是恨正长。

可堪：哪堪。

荡子：指离家远去，羁旅忘返的男子。

飏：飞。

其二

红藕香寒翠渚平，月笼虚阁夜蛩清。

塞鸿惊梦两牵情，宝帐玉炉残麝冷。

罗衣金缕暗尘生，小窗孤烛泪纵横。

【注释】

翠渚：绿色的小洲。

蛩：蟋蟀。

两牵情：两厢牵挂怀念之情，偏重于闺中人怀念远人之情。

其三

荷芰风轻帘幕香，绣衣鸂鶒泳回塘。

小屏闲掩旧潇湘，恨入空帷鸾影独。

泪凝双脸渚莲光，薄情年少悔思量。

【注释】

芰：菱科植物，生水中，叶浮水面，夏日开花，白色，结果实，为菱角。

绣衣鸂鶒：鸂鶒的羽毛如绣花衣裳。

潇湘：屏风所画潇湘图。

渚莲光：指女子流泪的脸颊好像莲花上的露光。

其四

惆怅经年别谢娘，月窗花院好风光。

此时相望最情伤，青鸟不来传锦字。

瑶姬何处锁兰房，忍教魂梦两茫茫。

【注释】

青鸟：此处代指信使。

锦字：即织锦字书，代指女子寄给郎君的书信。

瑶姬：神女，此处指所思念的心爱的女子。

忍：怎能，岂可，常用于反诘句中。忍，此处实际上指不忍。

其五

庭菊飘黄玉露浓，冷莎偎砌隐鸣蛩。

何期良夜得相逢，背帐风摇红蜡滴。

惹香梦暖绣衾重，觉来枕上怯晨钟。

【注释】

冷莎偎砌：莎草偎倚着庭阶，疯狂地长着。

隐鸣蛩：蟋蟀藏在台阶的草丛中鸣叫。

其六

云淡风高叶乱飞，小庭寒雨绿苔微。

深闺人静掩屏帏，粉黛暗愁金带枕。

鸳鸯空绕画罗衣，那堪辜负不思归。

【注释】

粉黛：此处代指闺中人。

金带枕：指甄后玉镂金带枕。

其七

雁响遥天玉漏清，小纱窗外月胧明。

翠帷金鸭炷香平，何处不归音信断。

良宵空使梦魂惊，簟凉枕冷不胜情。

【注释】

炷香：焚香。

不胜情：离别之情难以经受。

其八

露白蟾明又到秋，佳期幽会两悠悠。

梦牵情役几时休，记得泥人微敛黛。

无言斜倚小书楼，暗思前事不胜愁。

【注释】

蟾明：即月明。

泥人：软缠人。

酒泉子

其一

杨柳舞风，轻惹春烟残雨。

杏花愁，莺正语，画楼东。

锦屏寂寞思无穷，还是不知消息。

镜尘生，珠泪滴，损仪容。

其二

罗带缕金，兰麝烟凝魂断。

画屏敧，云鬓乱，恨难任。

几回垂泪滴鸳衾，薄情何处去。

月临窗，花满树，信沉沉。

其三

小槛日斜，风度绿窗人悄悄。

翠帷闲掩舞双鸾，旧香寒。

别来情绪转难拚，韶颜看却老。

依稀粉上有啼痕，暗销魂。

【注释】

难拚：难舍的意思。

却：又。

其四

黛薄红深，约掠绿鬟云腻。

小鸳鸯，金翡翠，称人心。

锦鳞无处传幽意，海燕兰堂春又去。

隔年书，千点泪，恨难任。

【注释】

约掠：粗略地梳理。

腻：油光。此处指头发细柔而光润。

锦鳞：鱼。以鳞代鱼，以鱼代书信。此处指传书的鱼。

其五

  掩却菱花，收拾翠钿休上面。

  金虫玉燕，锁香奁，恨厌厌。

  云鬟半坠懒重簪，泪侵山枕湿。

  银灯背帐梦方酣，雁飞南。

【注释】

休上面：不化妆，也不戴首饰。

金虫玉燕：指代首饰。

厌厌：形容精神不振的样子。

其六

  水碧风清，入槛细香红藕腻。

  谢娘敛翠，恨无涯，小屏斜。

  堪憎荡子不还家，漫留罗带结。

  帐深枕腻炷沉烟，负当年。

【注释】

腻：滑泽，细柔而有光泽。

漫留：空留，虚有。意思是说，罗带虽结同心，但人却浪荡不归。

其七

黛怨红羞，掩映画堂春欲暮。

残花微雨，隔青楼，思悠悠。

芳菲时节看将度，寂寞无人还独语。

画罗襦，香粉污，不胜愁。

杨柳枝

秋夜香闺思寂寥，漏迢迢。

鸳帷罗幌麝烟销，烛光摇。

正忆玉郎游荡去，无寻处。

更闻帘外雨萧萧，滴芭蕉。

【注释】

迢迢：形容漫长。

遐方怨

帘影细，簟纹平。

象纱笼玉指，缕金罗扇轻。

嫩红双脸似花明，两条眉黛远山横。

风箫歇，镜尘生。

辽塞音书绝，梦魂长暗惊。

玉郎经岁负娉婷，教人怎不恨无情。

【注释】

象纱：纱名，薄而略透明。

远山横：指眉着黛色就如同远山横卧一样。

娉婷：姿态美好。

献衷心

绣鸳鸯帐暖，画孔雀屏敧。

人悄悄，明月时，想昔年欢笑，恨今日分离。

银釭背，铜漏永，阻佳期。

小炉烟细，虚阁帘垂。

几多心事，暗地思惟。

被娇娥牵役，魂梦如痴。

金闺里，山枕上，始应知。

【注释】

绣鸳鸯帐暖，画孔雀屏敧：即鸳鸯绣帐暖，孔雀画屏敧。《雨村词话》认为，此二句为"词中折腰句法"，即将"绣枕"之"绣"，"画屏"之"画"置于该句之前。

铜漏永：铜壶滴漏声悠长。永：长，不断的意思。

思惟：思量。

娇娥：泛指貌美的女子。

牵役：指心情被牵动而不能自主。

应天长

瑟瑟罗裙金线缕，轻透鹅黄香画袴。

垂交带，盘鹦鹉，袅袅翠翘移玉步。

背人匀檀注，慢转横波偷觑。

敛黛春情暗许，倚屏慵不语。

【注释】

画袴：即彩色套裤。

盘鹦鹉：带上绣着鹦鹉的图案。

袅袅：此处指金钗之类的头饰因走动而颤抖的样子。

檀注：指唇上的胭红。

偷觑：偷偷看。

春情：男女之间的爱恋之情。

诉衷情

其一

香灭帘垂春漏永，整鸳衾。

罗带重，双凤，缕黄金。

窗外月光临，沉沉。

断肠无处寻，负春心。

其二

永夜抛人何处去，绝来音。

香阁掩，眉敛，月将沉。

怎忍不相寻？鸳孤衾。

换我心为你心，始知相忆深。

【注释】

永夜：长长的黑夜。

孤衾：此处指独眠，一个人过夜。

荷叶杯

其一

春尽小庭花落，寂寞。

凭槛敛双眉，忍教成病忆佳期。

知么知，知么知。

其二

歌发谁家筵上，寥亮。

别恨正悠悠，兰釭背帐月当楼。

愁么愁，愁么愁。

【注释】

寥亮：指声音清越高远。

其三

弱柳好花尽拆，晴陌。

陌上少年郎，满身兰麝扑人香。

狂么狂，狂么狂。

【注释】

尽拆：尽裂。

其四

记得那时相见，胆战。

鬓乱四肢柔，泥人无语不抬头。

羞么羞，羞么羞。

其五

夜久歌声怨咽，残月。

菊冷露微微，看看湿透缕金衣。

归么归，归么归。

其六

我忆君诗最苦，知否。

字字尽关心，红笺写寄表情深。

吟么吟，吟么吟。

其七

金鸭香浓鸳被，枕腻。

小髻簇花钿，腰如细柳脸如莲。

怜么怜，怜么怜。

其八

曲砌蝶飞烟暖，春半。

花发柳垂条，花如双脸柳如腰。

娇么娇，娇么娇。

【注释】

曲砌：指曲折的台阶。

其九

一去又乖期信，春尽。

满院长莓苔，手挼裙带独徘徊。

来么来，来么来。

【注释】

乖期信：违背约会的日期，爽约的意思。

渔歌子

晓风清，幽沼绿，倚栏凝望珍禽浴。

画帘垂，翠屏曲，满袖荷香馥郁。

好摅怀，堪寓目，身闲心静平生足。

酒杯深，光影促，名利无心较逐。

【注释】

幽沼绿：深池碧绿的意思。

馥郁：香气浓烈。

摅怀：抒怀，抒发感情。

寓目：观看，过目，欣赏。

光影促：岁月短促，此处指人生短暂。

较逐：角逐。

临江仙

其一

碧染长空池似镜，倚楼闲望凝情。

满衣红藕细香清。象床珍簟，山障掩，玉琴横。

暗想昔时欢笑事，如今赢得愁生。

博山炉暖淡烟轻。蝉吟人静，残日傍，小窗明。

【注释】

象床：以象牙为饰的床，指代华贵的床。

山障掩：屏风掩。

其二

幽闺小槛春光晚，柳浓花淡莺稀。

旧欢思想尚依依，翠鬟红敛，终日损芳菲。

何事狂夫音信断，不如梁燕犹归。

画意深处麝烟微，屏虚枕冷，风细雨霏霏。

【注释】

思想：思念。

损芳菲：比喻红颜衰老。

何事：为什么。

狂夫：此处指对自己丈夫的称呼，带有怨恨之意。

其三

月色穿帘风入竹，倚屏双黛愁时。

砌花含露两三枝，如啼恨脸，魂断损容仪。

香烬暗消金鸭冷，可堪辜负前期。

绣襦不整鬓鬟欹，几多惆怅，情绪在天涯。

【注释】

砌花：种植在台阶前的花。

如啼恨脸：含着露水的花朵好像美女带怨而流泪的脸。

醉公子

其一

漠漠秋云淡，红耦香侵槛。

枕欹小山屏，金铺向晚扃。

睡起横波慢，独望情何限。

衰柳数声蝉，魂消似去年。

【注释】

金铺：此处指门。

扃：关闭。

横波：此处指眼睛。

其二

岸柳垂金线，雨晴莺石啭。

家住绿杨边，往来多少年。

马嘶芳草远，高楼帘半捲。

敛袖翠蛾攒，相逢尔许难。

【注释】

尔许难：如此难，这样难。

更漏子

旧欢娱，新怅望，拥鼻含颦楼上。

浓柳翠，晚霞微，江鸥接翼飞。

帘半捲，屏斜掩，远岫参差迷眼。

歌满耳，酒盈樽，前非不要论。

【注释】

拥鼻含颦：掩鼻皱眉，指人心酸难过时的愁苦状态。

远岫：远山。此处指山峰。

孙
光
宪
六
十
一
首

　　孙光宪（901—968 年），字孟文，自
号葆光子，出生在陵州贵平（今四川仁寿
县东北的向家乡贵坪村）。孙光宪"性嗜
经籍，聚书凡数千卷。或手自抄写，孜孜
校雠，老而不废"。著有《北梦琐言》
《荆台集》《橘斋集》等，仅《北梦琐言》
传世。

浣溪沙

其一

蓼岸风多橘柚香，江边一望楚天长。

片帆烟际闪孤光，目送征鸿飞杳杳。

思随流水去茫茫，兰红波碧忆潇湘。

【注释】

蓼岸：指开满蓼花的江岸。

楚天：楚国故地，泛指今湖北、湖南一带。

杳杳：幽远。

其二

桃杏风香帘幕闲，谢家门户约花关。

画梁幽语燕初还，绣阁数行题了壁。

晓屏一枕酒醒山，却疑身是梦魂间。

【注释】

约：拦，沿。

题了壁：题完壁，书写字于壁。

山：山枕。

其三

花渐凋疏不耐风，画帘垂地晚堂空。

堕堞萦薛舞愁红，腻粉半沾金靥子。

残香犹暖绣燻笼，蕙心无处与人同。

【注释】

不耐：不奈，无可奈何。

腻粉：脂粉。

金靥子：黄星靥，古代妇女的一种面妆。

蕙心：比喻女子芳洁之心。

其四

揽镜无言泪欲流，凝情半日懒梳头。

一庭疏雨湿春愁，杨柳只知伤怨别。

杏花应信损娇羞，泪沾魂断轸离忧。

【注释】

轸：悲痛。

其五

半踏长裾宛约行，晚帘疏处见分明。

此时堪恨昧平生，早是消魂残烛影。

更愁闻着品弦声，杳无消息若为情。

【注释】

半踏：小步。

长裾：指长襟的衣服。

昧平生：即素昧平生，一向不了解。

消魂：原意指灵魂离开身体，形容极其哀愁。

品弦：品竹调弦，泛指吹弹演奏乐器。

若为情：何以为情，难以为情。

其六

兰沐初休曲槛前，缓风迟日洗头天。

湿云新敛未梳蝉，翠袂半将遮粉臆。

宝钗长欲坠香肩，此时模样不禁怜。

【注释】

兰沐：古人以兰汤洗发。

迟日：春日。

翠袂：绿色的衣袖。

粉臆：如涂了白粉的雪胸。

不禁怜：指禁不住怜爱之情。

其七

风递残香出绣帘，团窠金凤舞襜襜。

落花微雨恨相兼，何处去来狂太甚。

空推宿酒睡无厌，怎教人不别猜嫌。

【注释】

团窠金凤：窗帘上绣着的凤凰图案。

襜襜：摇动的样子。

空推：编造假话相推脱。

宿酒：即隔夜酒。

无厌：不安静。

其八

轻打银筝坠燕泥，断丝高胃画楼西。

花冠闲上午墙啼，粉箨半开新竹径。

红苞尽落旧桃蹊，不堪终日闭深闺。

【注释】

高胃：高挂。

花冠：代指雄鸡、公鸡。

粉箨：即竹笋壳。

桃蹊：桃树下的道路。

其九

乌帽斜欹倒佩鱼，静街偷步访仙居。

隔墙应认打门初，将见客时微掩敛。

得人怜处且先疏，低头羞问壁边书。

【注释】

乌帽：即乌纱帽。隋朝的帝王贵臣多戴乌纱帽。后来，这种习俗渐渐在民间流行开来。

佩鱼：唐朝时五品以上官员的佩饰，称佩金鱼袋。

仙居：神仙住所。此指所思女子的居处。

打门：叩门。

生疏：不亲密，不亲近。

河 传

其一

太平天子，等闲游戏，疏河千里。

柳如丝，偎倚绿波春水，长淮风不起。

如花殿脚三千女，争云雨，何处留人住？

锦帆风，烟际江，烧空，魂迷大业中。

【注释】

太平天子：此处特指隋炀帝杨广。

等闲：随便，寻常。

长淮：淮河。

大业：隋炀帝的年号。

其二

柳拖金缕，着烟笼雾，濛濛落絮。

凤凰舟上楚女，妙舞，雷喧波上鼓。

龙争虎战分中土，人无主，桃叶江南渡。

襞花笺，艳思牵。成篇，宫娥相与传。

【注释】

桃叶江南渡：即江南桃叶渡。渡口名。故址在今江苏南京秦淮河畔。

襞花笺：原指折叠精致华美的诗笺。此处指作诗。

其三

花落，烟薄，谢家池阁。

寂寞春深，翠蛾轻敛意沉吟。

沾襟，无人知此心。

玉炉香断霜灰冷，帘铺影，梁燕归红杏。

晚来天，空悄然。

孤眠，枕檀云髻偏。

【注释】

霜灰冷：香灰冷如霜。

悄然：此处指忧愁。

其四

风飐，波敛。

团荷闪闪，珠倾露点。

木兰舟上，何处吴娃越艳，藕花红照脸。

大堤狂杀襄阳客，烟波隔，渺渺湖光白。

身已归，心不归。

斜晖，远汀鸂鶒飞。

【注释】

飐：风吹使物动。

吴娃越艳：指吴越一带的美女。

大堤：即《大堤曲》，乐府名。

襄阳客：唐朝人吴兢《乐府古题要解》收乐府词云："朝发襄阳城，暮至大堤宿。大堤诸女儿，花艳惊郎目。"此句用其词义。

菩萨蛮

其一

月华如水笼香砌，金镮碎撼门初闭。

寒影堕高檐，钩垂一画帘。

碧烟轻袅袅，红战灯花笑。

即此是高唐，掩屏秋梦长。

【注释】

碎撼：闭门时门环震动的声音。

红战：灯花闪动。

灯花：灯芯的余烬，爆成花形。古人以灯花为吉兆，故称"灯花笑"。

高唐：梦境，用楚怀王与巫山女神在梦中相会的典故，说明男女眷恋的美好境界。

其二

花冠频鼓墙头翼，东方淡白连窗色。

门外早莺声，背楼残月明。

薄寒笼醉态，依旧铅华在。

握手送人归，半拖金缕衣。

【注释】

花冠：代指雄鸡、公鸡。

铅华：铅粉，古代妇女用的化妆品。

其三

小庭花落无人归，疏香满地东风老。

春晚信沉沉，天涯何处寻。

晓堂屏六扇，眉共湘山远。

怎奈别离心，近来尤不禁。

【注释】

疏香：清淡的芳香。

东风老：指暮春之时。

其四

青岩碧洞经朝雨，隔花相唤南溪去。

一只木兰船，波平远浸天。

扣舷惊翡翠，嫩玉抬香臂。

红日欲沉西，烟中遥解觿。

【注释】

扣舷：指敲击船帮打节拍，以应船歌。

解觿：指解下佩物相赠送。

其五

木棉花映丛祠小，越禽声裹春光晓。

铜鼓与蛮歌，南人祈赛多。

客帆风正急，茜袖偎樯立。

极浦几回头，烟波无限愁。

【注释】

木棉：一种热带乔木，初春时开花，深红色。

丛祠：指乡野林间的神祠。

越禽：南方的禽鸟。

铜鼓：求神时所击的乐器。

蛮歌：指巴楚一带的民歌。

茜：草，可做红色染料。茜色即红色。

河渎神

其一

汾水碧依依，黄云落叶初飞。

翠华一去不言归，庙门空掩斜晖。

四壁阴森排古画，依旧琼轮羽驾。

小殿沉沉清夜，银灯飘落香灺。

【注释】

汾水：即汾河，河名，在今山西境内，汇入黄河。

翠华：本作"翠蛾"。

琼轮羽驾：用玉做的车轮，用翠羽装饰的车盖，指古画上神仙所乘坐的车，此处指河神所乘的车驾。

香灺：烛烬。

其二

江上草芊芊，春晚湘妃庙前。

一方柳色楚南天，数行征雁联翩。

独倚朱栏情不极，魂断终朝相忆。

两桨不知消息，远汀时起鸂鶒。

【注释】

芊芊：形容草木茂盛。

湘妃庙：尧有两个女儿，后来都嫁给舜为妃子，舜涉方死于苍梧，两个妃子死于江湘之间。后人立庙于洞庭君山之上，称之为湘妃庙。

柳色：碧蓝色。

联翩：形容鸟飞的样子。

虞美人

其一

红窗寂寂无人语，暗淡梨花雨。

绣罗纹地粉新描，博山香炷旋抽条，暗魂消。

天涯一去无消息，终日长相忆。

教人相忆几时休？不堪振触别愁，泪还流。

【注释】

博山：博山炉，古香炉的名字，此处代指香炉。

香炷：点燃着的香。炷：指灯芯。

抽条：香穗，即灯花。

振触：感触。

其二

好风微揭帘旌起，金翼鸾相倚。
翠檐愁听乳禽声，此时春态暗关情，独难平。
画堂流水空相翳，一穗香摇曳。
教人无处寄相思，落花芳草过前期，没人知。

【注释】

金翼鸾：用金丝绣成的翼鸾，此处指帘上的花纹。

乳禽：此处指雏燕。

春态：春日的景象。

相翳：相遮蔽的意思。

后庭花

其一

景阳钟动宫莺啭，露凉金殿。
轻飙吹起琼花旋，玉叶如剪。
晚来高阁上，珠帘卷，见坠香千片。
修蛾慢脸陪雕辇，后庭新宴。

【注释】

轻飙：指微风。

琼花：此处泛指色泽艳丽光泽如玉的花朵。

修蛾慢脸：即长眉娇脸。

雕辇：装饰有浮雕、彩绘的华美辇车，此处特指皇帝坐的车。

其二

石城依旧空江国，故宫春色。

七尺青丝芳草碧，绝世难得。

玉英凋落尽，更何人识，野棠如织。

只是教人添怨忆，怅望无极。

【注释】

石城：即石头城，也称石首城。战国时，楚威王灭越国，设置金陵邑。东汉建安十六年，孙权徙治秣陵，改名石头城。故址在今江苏南京石头山后。

故宫春色：指陈后主的宫殿春色依然如故。

七尺青丝：相传，南朝陈后主的贵妃张丽华发长七尺。

玉英：花的美称。

生查子

其一

寂寞掩朱门，正是天将暮。

暗淡小庭中，滴滴梧桐雨。

绣工夫，牵心绪，配尽鸳鸯缕。

待得没人时，偎倚论私语。

【注释】

绣工夫：指刺绣。

私语：低声小语。

其二

暖日策花骢，弹鞚垂杨陌。

芳草惹烟青，落絮随风白。

谁家绣毂动香尘，隐映神仙客。

狂杀玉鞭郎，咫尺音容隔。

【注释】

骢：指青白色相间的马。

弹鞚：松开马勒。

绣毂：代指华美装饰的车。

神仙客：此处指车中美女。

其三

金井堕高梧，玉殿笼斜月。

永巷寂无人，敛态愁堪绝。

玉炉寒，香烬灭，还似君恩歇。

翠辇不归来，幽恨将谁说。

【注释】

永巷：指皇宫中妃嫔住处，即后宫。

翠辇：指皇帝所乘的车。

将谁说：与谁说，向谁说。

临江仙

其一

霜拍井梧乾叶堕，翠帷雕槛初寒。

薄铅残黛称花冠，含情无语，延伫倚栏干。

杳杳征轮何处去，离愁别恨千般。

不堪心绪正多端，镜奁长掩，无意对孤鸾。

【注释】

薄铅残黛：指淡妆。

称花冠：人面与花冠相称，配得合适。

延伫：久立。

征轮：代指乘车远征的人。

孤鸾：比喻镜中孤影。

其二

暮雨凄凄深院闭，灯前凝坐初更。

玉钗低压鬓云横，半垂罗幕，相映烛光明。

终是有心投汉珮，低头但理秦筝。

燕双鸾耦不胜情，只愁明发，将逐楚云行。

【注释】

投汉珮：相传周朝人郑交甫在汉皋台下遇二女，解珮相赠。后来，就有了汉皋珮作男女爱慕赠答的典故。此处指女子有心赠物给情人。

理秦筝：调秦筝。

鸾耦：通鸾偶。

明发：黎明，天明。《诗经·小雅·小宛》："明发不寐，有怀二人"。

酒泉子

其一

空碛无边，万里阳关道路。

马萧萧，人去去，陇云愁。

香貂旧制戎衣窄，胡霜千里白。

绮罗心，魂梦隔，上高楼。

【注释】

空碛：指空旷的沙漠。

阳关：古代中原通往西域的交通要道。

萧萧：马鸣声。

陇：地名。泛指今甘肃一带，是古代西北边防要地。

香貂：贵重的貂皮，这里指战袍。

绮罗心：指女子思念丈夫的心。

其二

曲槛小楼，正是莺花二月。

思无聊，愁欲绝，郁离襟。

展屏空对潇湘水，眼前千万里。

泪掩红，眉敛翠，恨沉沉。

【注释】

郁离襟：指离愁郁结在胸中。襟：借代为胸怀的意思。

潇湘水：屏上的画。

泪掩红：泪水掩住了脸上的胭脂，说的是泪水很多。

其三

敛态窗前，袅袅雀钗抛颈。

燕成双，鸾对影，耦新知。

玉纤淡拂眉山小，镜中嗔共照。

翠连娟，红缥缈，早妆时。

【注释】

敛态：指严肃的神态。

耦新知：通偶新知，遇到了新的知己。

嗔：生气，怪怨，此处有撒娇的意味在内。

翠连娟：指眉细长而弯曲。

红缥缈：脸上泛着红光。缥缈：漂浮的样子，此处指脸着胭脂而红光隐约可见。

清平乐

其一

愁肠欲断，正是青春半。
连理分枝鸾失伴，又是一场离散。
掩镜无语眉低，思随芳草萋萋。
凭仗东风吹梦，与郎终日东西。

【注释】

凭仗：凭借、倚仗的意思。

其二

等闲无语，春恨如何去？
终是疏狂留不住，花暗柳浓何处。
尽日目断魂飞，晚窗斜界残晖。
长恨朱门薄暮，绣鞍骢马空归。

【注释】

疏狂：放狂，不受拘束。

斜界残晖：残晖一线。界：画线。

更漏子

其一

听寒更，闻远雁，半夜萧娘深院。

扃绣户，下珠帘，满庭喷玉蟾。

人语静，香闺冷，红幕半垂清影。

云雨态，蕙兰心，此情江海深。

【注释】

萧娘：泛指少女。

喷玉蟾：喷洒月光的意思。

蕙兰心：以香草蕙、兰比喻女子纯洁美好的心。

其二

今夜期，来日别，相对只堪愁绝。

偎粉面，捻瑶簪，无言泪满襟。

银箭落，霜华薄，墙外晓鸡咿喔。

听咐嘱，恶情惊，断肠西復东。

【注释】

银箭落：刻漏上的标箭已经降下，意思指黑夜将尽。

咿喔：鸡叫声。

恶情悰：讨厌欢情。恶：厌烦，此处有悔恨的含义。

女冠子

其一

蕙风芝露，坛际残香轻度。

蕊珠宫，苔点分圆碧，桃花践破红。

品流巫峡外，名籍紫微中。

真侣墉城会，梦魂通。

【注释】

蕙风：夹带花草芳香的风。

芝露：香草上的露。

坛际：祭天拜神的祭坛边。

蕊珠宫：此处指神仙所居的地方。

品流：等级辈分。

名籍：名册。

紫微：星官名。

墉城：神仙所居的地方。

其二

淡花瘦玉，依约神仙妆束。

佩琼文，瑞露通宵贮，幽香尽日焚。

碧纱笼绛节，黄藕冠浓云。

勿以吹箫伴，不同羣。

【注释】

淡花瘦玉：形容女冠的仪态。

依约：隐约。

佩琼文：佩玉饰。

绛节：红色符节。道士作法时的用具。

黄藕冠：道士戴的黄藕色帽子。

浓云：指头发。

吹箫伴：用弄玉和箫史的典故。

风流子

其一

茅舍槿篱溪曲，鸡犬自南自北。

菰叶长，水葓开，门外春波涨绿。

听织，声促，轧轧鸣梭穿屋。

【注释】

槿篱：密植槿树作为篱笆。

菰叶：多年生草本植物，多生于南方浅水中，春天生新芽，嫩茎
名叫茭白，可作蔬菜。

水葓：草名，生于池塘草泽中，茎中空，亦称空心菜。

轧轧：织机声。

其二

楼倚长衢欲暮，瞥见神仙伴侣。

微傅粉，拢梳头，隐映画帘开处。

无语，无绪，慢曳罗裙归去。

【注释】

长衢：长街，大道。

傅粉：擦粉。

无绪：指情绪低落。

其三

金络玉衔嘶马，繫向绿杨阴下。

朱户掩，绣帘垂，曲院水流花谢。

欢罢，归也，犹在九衢深夜。

【注释】

金络玉衔：指马配备有金络头玉嚼子。

九衢：四通八达的路。

定西番

其一

鸡禄山前游骑，边草白，朔天明，马蹄轻。

鹊面弓离短鞬，弯来月欲成。

一只鸣髇髇云外，晓鸿惊。

【注释】

鸡禄山，即鸡禄塞，在内蒙古边塞地。

游骑：担任巡逻突击任务的骑兵。

朔天：北方的天。

鹊面弓：弓名，弓背上装饰有鹊的图案。

鞬：装弓的袋子。

其二

帝子枕前秋夜，霜幄冷，月华明，正三更。

何处戍楼寒笛，梦残闻一声。

遥想汉关万里，泪纵横。

【注释】

帝子：帝王的子女。此处指汉朝时去西域和亲的公主。

河满子

冠剑不随君去，江河还共恩深。

歌袖半遮眉黛惨，泪珠旋滴衣襟。

惆怅云愁雨怨，断魂何处相寻。

【注释】

冠剑：道士服饰的佩物。

玉蝴蝶

春欲尽，景仍长，满园花正黄。

粉翅两悠飏，翩翩过短墙。

鲜飚暖，牵游伴，飞去立残芳。

无语对萧娘，舞衫沉麝香。

【注释】

粉翅：代指飞蝶。

悠飏：飘忽不定的样子。

鲜飚暖：新鲜洁净的暖风。

竹 枝

其一

门前春水（竹枝）白蘋花（女儿），

岸上无人（竹枝）小艇斜（女儿）。

商女经过（竹枝）江欲暮（女儿），

散抛残食（竹枝）饲神鸦（女儿）。

【注释】

竹枝、女儿：唱歌时，众人随和的声音，并没有实际意义。

商女：歌女，歌姬。

神鸦：乌鸦，因栖息于神祠而称其为神鸦。

其二

乱绳千结（竹枝）绊人深（女儿），

越罗万丈（竹枝）表长寻（女儿）。

杨柳在身（竹枝）垂意绪（女儿），

藕花落尽（竹枝）见莲心（女儿）。

【注释】

寻：古代的一种长度单位，八尺为一寻。

莲心：双关语，莲心即"怜心"，也指女子的芳心。

八拍蛮

孔雀尾拖金线长，怕人飞起入丁香。

越女沙头争拾翠，相呼归去背斜阳。

【注释】

拾翠：原指古代妇女拾取翠鸟的羽毛，用来作为首饰，后指妇女
春日嬉游。

思帝乡

如何？遣情情更多。

永日水堂帘下，敛羞蛾。

六幅罗裙窣地，微行曳碧波。

看尽满池疏雨，打团荷。

【注释】

如何：为何，为什么。

敛羞蛾：紧皱眉头的意思。

微行：轻缓的脚步，小步行走。

上行杯

其一

草草离亭鞍马，从远道此地分襟，燕宋秦吴千万里。

无辞一醉。野棠开，江草湿。伫立，沾泣，征骑骎骎。

【注释】

草草：匆匆，草率，事先没准备。

从远道：行远道，出远门。

分襟：即分别。

燕宋秦吴：春秋时的诸侯国名，此处表示北东西南四方。

骎骎：形容马走得快的样子。

其二

离棹逡巡欲动，临极浦故人相送，去住心情知不共。

金船满捧。绮罗愁，丝管咽。回别，帆影灭，江浪如雪。

【注释】

离棹：代指离别的船。

逡巡：迟疑徘徊，欲行又止的样子。

金船：此处指如同船形的大酒杯，又称"金斗"。

谒金门

留不得！留得也应无益。

白纻春衫如雪色，扬州初去日。

轻别离，甘抛掷，江上满帆风疾。

却羡彩鸳三十六，孤鸾还一只。

【注释】

白纻春衫：古代士人未取得功名前所穿的麻制衣服。白纻就是白色的苎麻。

三十六：在此处表示约数，言极其多。

孤鸾：孤单的鸾鸟，比喻失去配偶的人或者没有配偶的人。此处作者以孤鸾自喻。

望梅花

数枝开与短墙平，见雪萼红跗相映，引起谁人边塞情。
帘外欲三更，吹断离愁月正明，空听隔江声。

【注释】

红跗：指红色花萼的基部。

思越人

其一

古臺平，芳草远，馆娃宫外春深。
翠黛空留千载恨，教人何处相寻。
绮罗无復当时事，露花点滴香泪。
惆怅遥天横绿水，鸳鸯对对飞起。

【注释】

古臺：此处指姑苏台。吴王夫差为西施修筑的。
馆娃宫：春秋吴国的宫名。吴王夫差为西施修筑的。

其二

渚莲枯，宫树老，长洲废苑萧条。

想像玉人空处所，月明独上溪桥。

经春初败秋风起，红兰绿蕙愁死。

一片风流伤心地，魂销目断西子。

【注释】

长洲废苑：指吴王阖闾游猎的长洲苑早已经荒废了。

玉人：此处指西施。

杨柳枝

其一

阊门风暖落花乾，飞遍江城雪不寒。

独有晚来临水驿，闲人多凭赤栏干。

【注释】

阊门：吴王阖闾所建城门的名称，为苏州城西门。

其二

有池有榭即濛濛，浸润翻成长养功。

恰似有人长点检，着行排立向春风。

【注释】

濛濛：此处指杨花柳絮纷杂的样子。

浸润：此处指杨柳受池水渗透。

长养：长期养育。

点检：清理、整理的意思。

着行：指成行。

其三

根柢虽然傍浊河，无妨终日近笙歌。

骎骎金带谁堪比，还共黄莺不较多。

【注释】

根柢：此处特指杨柳的根部。

骎骎金带：形容随风飞舞的柳条。

其四

万株枯槁怨亡隋，似弔吴臺各自垂。

好是淮阴明月裹，酒楼横笛不胜吹。

【注释】

怨亡隋：隋朝大业年间，朝廷征发 10 万民众开邗渠，修筑河堤，并在河堤两边种上杨柳树，长达 1300 里。后来，因隋朝灭亡，沿着河堤栽种的杨柳树也枯萎死掉了。

吴臺：指姑苏台。

横笛不胜吹：意思是横笛吹不尽《杨柳枝》曲。

渔歌子

其一

草芊芊，波漾漾，湖边草色连波涨。

沿蓼岸，泊枫汀，天际玉轮初上。

扣舷歌，联极望，桨声伊轧知何向。

黄鹄叫，白鸥眠，谁似侬家疏旷。

【注释】

玉轮：代指月亮。

联极望：四面张望。

黄鹄：鸟名，即天鹅。

侬家：唐朝时的一种自称。

其二

泛流萤，明又灭，夜凉水冷东湾阔。

风浩浩，笛寥寥，万顷金波澄澈。

杜若洲，香郁烈，一声宿雁霜时节。

经雪水，过松江，尽属侬家日月。

【注释】

金波：月光。

杜若：香草。

霅水：水名。在今浙江湖州南。

松江：即吴淞江。

魏承班
十五首

魏承班，生卒年不详，五代十国前蜀词人。他的词风以浓艳为主，描摹细腻，有柔情似水，"剪不断，理还乱"的妙处。

菩萨蛮

其一

罗裙薄薄秋波染，眉间画时山两点。

相见绮筵时，深情暗共知。

翠翘云鬓动，敛态弹金凤。

宴罢入兰房，邀入解珮珰。

【注释】

弹金凤：古代弹琴筝之类的乐器。

兰房：指妇女所居的房间。

珮珰：古代妇女佩戴的玉佩耳珠。

其二

罗衣隐约金泥画，玳筵一曲当秋夜。

声战觑人娇，云鬟袅翠翘。

酒醺红玉软，眉翠秋山远。

绣幌麝烟沉，谁人知两心。

【注释】

金泥画：泥金画，用金粉涂饰的图案。

玳筵：盛筵。

声战：声战通声颤。

红玉：形容人的面容。

满宫花

雪霏霏，风凛凛，玉郎何处狂饮。

醉时想得纵风流，罗帐香帷鸳寝。

春朝秋夜思君甚，愁见绣屏孤枕。

少年何事负初心，泪滴缕金双衽。

【注释】

双衽：双袖。

木兰花

小芙蓉，香旖旎，碧玉堂深清似水。

闭宝匣，掩金铺，倚屏拖袖愁如醉。

迟迟好景烟花媚，曲渚鸳鸯眠锦翅。

凝然愁望静相思，一双笑靥嚬香蕊。

【注释】

旖旎：繁盛美好的样子。

笑靥：指人笑时面颊上的酒窝。

嚬：嚬通颦，皱眉的意思。

香蕊：此处指女子酒窝上涂点的装饰物。

玉楼春

其一

寂寂画堂梁上燕，高捲翠帘横数扇。
一庭春色恼人来，满地落花红几片。
愁倚锦屏低雪面，泪滴绣罗金缕线。
好天凉月尽伤心，为是玉郎长不见。

【注释】

横数扇：打开数扇窗门的意思。

其二

轻敛翠蛾呈皓齿，莺啭一枝花影裏。
声声清迥遏行云，寂寂画梁尘暗起。
玉斝满斟情未已，促坐王孙公子醉。
春风筵上贯珠匀，艳色韶颜娇旖旎。

【注释】

莺啭：形容歌声如莺鸣。

清迥：清远而有回声。

遏行云：阻遏行云，比喻歌声响亮美妙。

玉斝：古代的一种玉制酒器。

促坐：挨着坐下来。

贯珠匀：珠玉成串均匀，比喻人的歌声圆润清脆。

诉衷情

其一

高歌宴罢月初盈，诗情引恨情。

烟露冷，水流轻，思想梦难成。

罗帐袅香平，恨频生。

思君无计睡还醒，隔层城。

【注释】

层城：相传昆仑山有层城九重，为大帝所居。此处比喻相隔遥远。

其二

春深花簇小楼臺，风飘锦绣开。

新睡觉，步香堦，山枕印红腮。

鬓乱坠金钗，语檀偎。

临行执手重重嘱，几千回。

【注释】

锦绣：此处指锦绣帘帐。

语檀偎：亲昵耳语的意思。

檀：即檀口，指浅红的嘴唇。

其三

银汉云晴玉漏长，蛩声悄画堂。

筠簟冷，碧窗凉，红蜡泪飘香。

皓月泻寒光，割人肠。

那堪独自步池塘，对鸳鸯。

【注释】

筠簟：竹席。

其四

金风轻透碧窗纱，银釭焰影斜。

倚枕卧，恨何赊，山掩小屏霞。

云雨别吴娃，想容华。

梦成几度绕天涯，到君家。

【注释】

金风：指秋风。

何赊：何多。

吴娃：吴越一带的美女。

其五

春情满眼脸红绡，娇妩索人饶。

星靥小，玉珰摇，几共醉春朝。

别后忆纤腰，梦魂劳。

如今风叶又萧萧，恨迢迢。

【注释】

脸红绡：脸色红润如薄绸。

星靥：指脸上的酒窝。

玉珰：古代妇女戴的玉耳珰。

生查子

其一

烟雨晚晴天，零落花无语。

难话此时心，梁燕双来去。

琴韵对燻风，有恨和情抚。

肠断断弦频，泪滴黄金缕。

【注释】

燻风：和风，初夏时的东南风。

黄金缕：金线绣饰的衣服。

其二

寂寞画堂空，深夜垂罗幕。

灯暗锦屏欹，月冷珠帘薄。

愁恨梦难成，何处贪欢乐。

看看又春来，还是长萧索。

黄钟乐

池塘烟暖草萋萋。

惆怅闲宵，含恨愁坐，思堪迷。

遥想玉人情事远，音容浑似隔桃溪。

偏记同欢秋月低，帘外论心，花畔和醉，暗相携。

何事春来君不见，梦魂长在锦江西。

【注释】

浑似：全似。

论心：谈心。

锦江：在今四川成都平原，源自灌县岷江。

渔歌子

柳如眉，云似发。鲛绡雾縠龙香雪。

梦魂惊，钟漏歇，窗外晓莺残月。

几多情，无处说，落花飞絮清明节。

少年郎，容易别，一去音书断绝。

【注释】

鲛绡：相传为鲛人所织的绡。

雾縠：指薄如雾的轻纱。

香雪：形容人的肌肤美白。

容易别：草草分别，匆匆离开。

鹿虔扆
六首

鹿虔扆，生卒年不详，五代十国后蜀词人。他曾经当过永泰军节度使，进检校太尉，加太保，人称鹿太保。

临江仙

其一

金鎖重门荒苑静，绮窗愁对秋空。

翠华一去寂无踪，玉楼歌吹，声断已随风。

烟月不知人事改，夜阑还照深宫。

藕花相向野塘中，暗伤亡国，清露泣香红。

【注释】

翠华：皇帝仪仗中用翠鸟羽毛装饰的旗子，此处指蜀后主的仪仗。

其二

无赖晓莺惊梦断，起来残醉初醒。

映窗丝柳袅烟青，翠帘慵捲，约砌杏花零。

一自玉郎游冶去，莲凋月惨仪形。

暮天微雨洒闲庭，手挼裙带，无语倚云屏。

【注释】

无赖：无奈。

约砌：沿着台阶。

莲凋月惨：如莲花凋谢，如月色惨淡，形容仪容憔悴。

仪形：指容仪和形体。

女冠子

其一

凤楼琪树，惆怅刘郎一去，正春深。

洞裏愁空结，人间信莫寻。

竹疎斋殿迥，松密醮坛阴。

倚云低首望，可知心。

【注释】

凤楼：古代指妇女的居处。此处特指女道士的居处。

琪树：树名。其垂条如柳，结子如碧珠。

信莫寻：料想无法寻找的意思。

迥：远。

其二

步虚坛上，绛节霓旌相向，引真仙。

玉珮摇蟾影，金炉袅麝烟。

露浓霜简湿，风紧羽衣偏。

欲留难得住，却归天。

【注释】

步虚坛：道士的诵经坛。

绛节霓旌：此处指诵经坛上招神的彩旗。

蟾影：代指月光。

思越人

翠屏敧，银烛背，漏残清夜迢迢。
双带绣窠盘锦荐，泪侵花暗香消。
珊瑚枕腻鸦鬟乱，玉纤慵整云散。
苦是适来新梦见，离肠怎不千断。

【注释】

绣窠：此处指双带上的彩绣花团。

锦荐：即锦席。

鸦鬟：黑色的鬟发。

虞美人

捲荷香淡浮烟渚，绿嫩擎新雨。
琐窗疎透晓风清，象床珍簟冷光轻，水纹平。
九嶷黛色屏斜掩，枕上眉心敛。
不堪相望病将成，钿昏檀粉泪纵横，不胜情。

【注释】

水纹：指席上的纹。

九嶷：即九嶷山，山名。此处指屏上所画的山。

阎选
八首

阎选，生卒年不详。他是前蜀的平民百姓，时称阎处士。与欧阳炯、鹿虔扆、毛文锡、韩琮被时人称为"五鬼"。

虞美人

其一

粉融红腻莲房绽，脸动双波慢。

小鱼衔玉鬓钗横，石榴裙染象纱轻，转娉婷。

偷期锦浪荷深处，一梦云兼雨。

臂留檀印齿痕香，深秋不寐漏初长，尽思量。

【注释】

双波：此处指眼波。

慢：漫，随便，随意。

小鱼衔玉：指鱼形玉制的钗饰。

偷期：指暗自约会，偷偷约会。

其二

楚腰蛴领团香玉，鬓叠深深绿。

月蛾星眼笑微频，柳妖桃艳不胜春，晚妆匀。

水纹簟映青纱帐，雾罩秋波上。

一枝娇卧醉芙蓉，良宵不得与君同，恨忡忡。

【注释】

楚腰：指代女子的细腰。

娇领：指洁白的颈。

香玉：形容肌肤柔美。

月蛾星眼：眉弯如月，眼亮如星。

临江仙

其一

雨停荷芰逗浓香，岸边蝉噪垂杨。

物华空有旧池塘，不逢仙子，何处梦襄王。

珍簟对欹鸳枕冷，此来尘暗凄凉。

欲凭危槛恨偏长，藕花珠缀，犹似汗凝妆。

【注释】

逗：招引，带来。

物华：美好的自然景色。

危槛：高楼上的栏杆。危，高耸的样子。

珠缀：露珠连缀。

其二

十二高峯天外寒，竹梢轻拂仙坛。

宝衣行雨在云端，画帘深殿，香雾冷风残。

欲问楚王何处去？翠屏犹掩金鸾。

猿啼明月照空滩，孤舟行客，惊梦亦艰难。

【注释】

十二高峯：指巫山十二峰。

宝衣行雨在云端：指巫山女神穿着珍贵的神衣在云间施雨。

楚王：此处用楚襄王梦神女的典故。

浣溪沙

寂寞流苏冷绣茵，倚屏山枕惹香尘，小庭花露泣浓春。

刘阮信非仙洞客，嫦娥终是月中人，此生无路访东邻。

【注释】

山枕：指枕头。古人的枕头多用木、瓷等制作，中间凹，两端突起，其形状如山，故名山枕。

信非：诚非，确实不是。

东邻：代指美女。典出司马相如《美人赋》："臣之东邻，有一女子"。

河 传

秋雨，秋雨，无昼无夜，滴滴霏霏。

暗灯凉簟怨分离，妖姬，不胜悲。

西风稍急喧窗竹，停又续，腻脸悬双玉。

几回邀约雁来时，违期，雁归人不归。

【注释】

妖姬：妖艳的女子。

双玉：此处指两行泪。

八拍蛮

其一

云鏁嫩黄烟柳细，风吹红蒂雪梅残。

光景不胜闺阁恨，行行坐坐黛眉攒。

【注释】

嫩黄：指柳色。

烟柳：烟雾笼罩的柳林，也泛指柳林、柳树等。

行行坐坐：行坐不安。

其二

愁锁黛眉烟易惨，泪飘红脸粉难匀。

憔悴不知缘底事，遇人推道不宜春。

【注释】

缘底事：因何事。

推道：推说，托词。

尹鹗
六首

　　尹鹗，成都人，曾事前蜀后主王衍，出任翰林校书，累官至参卿，故称尹参卿。他性滑稽，工诗词，与李珣友善，作风与柳永相近。

临江仙

其一

一番荷芰生池沼，槛前风送馨香。

昔年于此伴萧娘，相偎伫立，牵惹叙衷肠。

时逞笑容无限态，还如菡萏争芳。

别来虚遣思悠飏，慵窥往事，金鏁小兰房。

【注释】

一番：一度。

萧娘：美女的泛称。

慵窥：懒得去回顾，懒得去回想。

其二

深秋寒夜银河静，月明深院中庭。

西窗幽梦等闲成，逡巡觉后，特地恨难平。

红烛半消残焰短，依稀暗背银屏。

枕前何事最伤情，梧桐叶上，点滴露珠零。

【注释】

等闲：无端，无缘无故。

逡巡：顷刻，不一会儿，片刻。

觉后：即醒来后。

特地：特意。

满宫花

月沉沉，人悄悄，一炷后庭香袅。

风流帝子不归来，满地禁花慵扫。

离恨多，相见少，何处醉迷三岛。

漏清宫树子规啼，愁锁碧窗春晓。

【注释】

帝子：此处指蜀官的妃子。

三岛：仙境，即传说中仙人所居住的三神山。

杏园芳

严妆嫩脸花明，教人见了关情。

含羞举步越罗轻，称娉婷。

终朝咫尺窥香阁，迢遥似隔层城。

何时休遣梦相萦，入云屏。

【注释】

娉婷：姿态美好。

终朝：终日。

隔层城：隔仙境，比喻难得相见。

醉公子

暮烟笼藓砌，戟门犹未闭。

尽日醉寻春，归来月满身。

离鞍偎绣袂，坠巾花乱缀。

何处恼佳人，檀痕衣上新。

【注释】

藓砌：长满苔藓的台阶。

戟门：显贵家的门。唐朝的制度规定，官、阶、勋俱三品得立戟于门。

绣袂：代指女子。

檀痕：唇红的痕迹。

菩萨蛮

陇云暗合秋天白，俯窗独坐窥烟陌。

楼际角重吹，黄昏方醉归。

荒唐难共语，明日还应去。

上马出门时，金鞭莫与伊。

【注释】

荒唐：指行为举止放荡不羁。

毛熙震
二十九首

毛熙震，生卒年不详，曾当过后蜀秘
书监。

浣溪沙

其一

春暮黄莺下砌前，水晶帘影露珠悬。

绮霞低映晚晴天，弱柳万条垂翠带。

残红满地碎香钿，蕙风飘荡散轻烟。

其二

花榭香红烟景迷，满庭芳草绿萋萋。

金铺闲掩绣帘低，紫燕一双娇语碎。

翠屏十二晚峯齐，梦魂消散醉空闺。

【注释】

十二晚峯：指巫山十二峰。

其三

晚起红房醉欲消，绿鬟云散袅金翘。

雪香花语不胜娇，好是向人柔弱处。

玉纤时急绣裙腰，春心牵惹转无聊。

【注释】

急：紧，紧凑。

其四

一只横钗坠髻丛，静眠珍簟起来慵。

绣罗红嫩抹酥胸，羞敛细蛾魂暗断。

困迷无语思犹浓，小屏香霭碧山重。

【注释】

抹酥胸：抹胸，古代妇女穿的胸间小衣。

其五

云薄罗裙绶带长，满身新裛瑞龙香。

翠钿斜映艳梅妆，伴不觑人空婉约。

笑和娇语太猖狂，忍教牵恨暗形相。

【注释】

绶带：指彩色丝带。

裛：熏染。

瑞龙香：龙脑香。

艳梅妆：即梅花妆，古代妇女的一种美艳妆形。

婉约：委婉、娇羞的样子。

猖狂：放任而无所拘束，这里包含着撒娇的意思。

其六

碧玉冠轻袅燕钗，捧心无语步香墀。

缓移弓底绣罗鞋，暗想欢娱何计好。

岂堪期约有时乖，日高深院正忘怀。

【注释】

捧心无语：捧心，指双手抱着胸口，用西施捧心典故。捧心无语此处指女子敛袖无语的容态。

乖：背离的意思。

其七

半醉凝情卧绣茵，睡容无力卸罗裙。

玉笼鹦鹉厌听闻，慵整落钗金翡翠。

象梳敧鬓月生云，锦屏绡幌麝烟燻。

【注释】

绣茵：绣有图案的褥子。

象梳：即象牙梳。

临江仙

其一

南齐天子宠婵娟，六宫罗绮三千。

潘妃娇艳独芳妍，椒房兰洞，云雨降神仙。

纵态迷欢心不足，风流可惜当年。

纤腰婉约步金莲，妖君倾国，犹自至今传。

【注释】

南齐天子：此处指南朝齐废帝东昏侯。

宠婵娟：贪恋女色，宠爱美女。婵娟此处特指潘妃。

椒房兰洞：指潘妃所居的奢华宫殿。

步金莲：据《南齐书》载：东昏侯凿地为金莲花，使潘妃行其上，曰："此步步生莲华也"。

妖君倾国：媚惑国君，倾覆国家。

其二

幽闺欲曙闻莺啭，红窗月影微明。

好风频谢落花声，隔帷残烛，犹照绮屏筝。

绣被锦茵眠玉暖，炷香斜袅烟轻。

淡蛾羞敛不胜情，暗思闲梦，何处逐云行。

【注释】

眠玉：指睡眠中的美人。玉，如玉的肌肤，此处代指女子。

不胜情：承受不了相思之情的煎熬。

更漏子

其一

秋色清，河影淡，深户烛寒光暗。

绡幌碧，锦衾红，博山香炷融。

更漏咽，蛩鸣切，满院霜华如雪。

新月上，薄云收，映帘悬玉钩。

【注释】

河影：银河影。

香炷融：香料已经消融，即将燃烧尽。

蛩鸣：蟋蟀叫。

玉钩：弯月。

其二

烟月寒，秋夜静，漏转金壶初永。

罗幕下，绣屏空，灯花结碎红。

人悄悄，愁无了，思梦不成难晓。

长忆得，与郎期，窃香私语时。

【注释】

初永：初长。天初转长。

窃香：指男女幽会偷情。用晋贾充之女以奇香私赠韩寿的典故。

女冠子

其一

碧桃红杏，迟日媚笼光影，彩霞深。

香暖燻莺语，风清引鹤音。

翠鬟冠玉叶，霓袖捧瑶琴。

应共吹箫侣，暗相寻。

【注释】

迟日：春日。

玉叶：妇女头上戴的首饰。

霓袖：彩袖。

吹箫侣：用弄玉和萧史的典故。

其二

修蛾慢脸，不语檀心一点，小山妆。

蝉鬓低含绿，罗衣淡拂黄。

闷来深院裹，闲步落花傍。

纤手轻轻整，玉炉香。

【注释】

修娥：长眉，此处指代少女。

慢脸：美丽的脸颊。慢通曼。

檀心一点：唇上涂抹一点檀红。

小山妆：古代妇女发型之一，发髻高耸如小山。

清平乐

春光欲暮，寂寞闲庭户。

粉蝶双双穿槛舞，帘捲晚天疏雨。

含愁独倚闺帷，玉炉烟断香微。

正是消魂时节，东风满树花飞。

南歌子

其一

远山愁黛碧，横波慢脸明。

腻香红玉茜罗轻，深院晚堂人静，理银筝。

鬓动行云影，裙遮点屐声。

娇羞爱问曲中名，杨柳杏花时节，几多情？

【注释】

腻香红玉：香润红腻的肌肤。

茜罗：绛色的丝罗。

其二

惹恨还添恨，牵肠即断肠。

凝情不语一枝芳，独映画帘闲立，绣衣香。

暗想为云女，应怜傅粉郎。

晚来轻步出闺房，髻慢钗横无力，纵猖狂。

【注释】

为云女：用宋玉《高唐赋》序中巫山神女的典故。指巫山神女，
旦为行云，暮为行雨，此处为女子自喻。

傅粉郎：三国魏时的何晏面白，魏明帝怀疑他傅粉了。此处指女
子所恋的情郎。

髻慢：发髻散乱。

河满子

其一

寂寞芳菲暗度，岁华如箭堪惊。

缅想旧欢多少事，转添春思难平。

曲槛丝垂金柳，小窗弦断银筝。

深院空闻燕语，满园闲落花轻。

一片相思休不得，忍教长日愁生。

谁见夕阳孤梦，觉来无限伤情。

【注释】

芳菲：原指繁茂的花草，此处喻指美好的青春。

缅想：缅怀、追想，回忆。

长日愁生：终日生愁。

谁见：哪见。

夕阳孤梦：傍晚夕阳西下，孤独迷离如梦境，写女子的思春之情。

其二

无语残妆淡薄，含羞嚲袂轻盈。

几度香闺眠过晓，绮窗疏日微明。

云母帐中偷惜，水晶枕上初惊。

笑靥嫩疑花坼，愁眉翠敛山横。

相望只教添怅恨，整鬟时见纤琼。

独倚朱扉闲立，谁知别有深情。

【注释】

嚲袂：下垂的袖子。

疏日：稀疏的日光。

云母帐中偷惜：云母屏帐内常常暗自怜惜。

纤琼：指佳人纤细如玉的手指。

小重山

梁燕双飞画阁前，寂寥多少恨，懒孤眠。
晓来闲处想君怜，红罗帐，金鸭冷沉烟。
谁信损婵娟，倚屏啼玉箸，湿香钿。
四肢无力上秋千，羣花谢，愁对艳阳天。

【注释】

损婵娟：损坏美好的姿态。

玉箸：比喻眼泪。

定西番

苍翠浓阴满院，莺对语，蝶交飞，戏蔷薇。
斜日倚栏风好，余香出绣衣。
未得玉郎消息，几时归。

【注释】

戏蔷薇：嘲弄蔷薇。此处以花比喻女子的孤独。

木兰花

掩朱扉，钩翠箔，满院莺声春寂寞。

匀粉泪，恨檀郎，一去不归花又落。

对斜晖，临小阁，前事岂堪重想着。

金带冷，画屏幽，宝帐慵熏兰麝薄。

【注释】

檀郎：指美男子或者所爱慕的男子，此处是对郎君的美称。

翠箔：翠帘。

金带：指枕头上的装饰物，此处指枕头。

后庭花

其一

莺啼燕语芳菲节，瑞庭花发。

昔时欢宴歌声揭，管弦清越。

自从陵谷追游歇，画梁尘黦。

伤心一片如珪月，闲锁宫阙。

【注释】

瑞庭：对宫庭的美称。

揭：揭调、高调。

陵谷：指地面高低形势的变动。比喻君臣高下易位。

尘黩：尘斑。

如珪月：指如玉珪般皎洁的月亮。珪：一种长形玉版。

其二

轻盈舞妓含芳艳，竞妆新脸。

步摇珠翠修蛾敛，腻鬓云染。

歌声慢发开檀点，绣衫斜掩。

时将纤手匀红脸，笑拈金靥。

【注释】

步摇珠翠：指古代妇女佩戴的首饰。

金靥：古代女子酒窝处的黄色饰品。

其三

越罗小袖新香蒨，薄笼金钏。

倚栏无语摇轻扇，半遮匀面。

春残日暖莺娇懒，满庭花片。

怎不教人长相见，画堂深院。

【注释】

蒨：蒨草，可以染绛色。此处形容衣色。

薄笼：微微地遮住。

酒泉子

其一

闲卧绣帏，慵想万般情宠。

锦檀偏，翘股重，翠云敧。

暮天屏上春山碧，映香烟雾隔。

蕙兰心，魂梦役，敛蛾眉。

【注释】

锦檀：有锦套的檀木枕。

翘股：钗饰。

翠云：指头发。

魂梦役：被梦中的情感所牵连奴役。

其二

钿匣舞鸾，隐映艳红修碧。

月梳斜，云鬟腻，粉香寒。

晓花微敛轻呵展，袅钗金燕软。

日初升，帘半捲，对妆残。

【注释】

钿匣：金银、珠玉等镶嵌的梳妆匣。

舞鸾：镜面上的舞鸾图案。

呵展：用口嘘之，使之舒展开来。

菩萨蛮

其一

梨花满院飘香雪，高楼夜静风筝咽。

斜月照帘帷，忆君和梦稀。

小窗灯影背，燕语惊愁态。

屏掩断香飞，行云山外归。

【注释】

风筝：此处指悬挂在殿阁塔檐下的金属片，风起作声。

行云：喻指远行的情人。

其二

绣帘高轴临塘看，雨翻荷芰真珠散。

残暑晚初凉，轻风渡水香。

无聊悲往事，怎奈牵情思。

光景暗相催，等闲秋又来。

【注释】

高轴：高卷。

残暑：秋老虎，秋季残余的暑气。

等闲：无端。

其三

天含残碧融春色，五陵薄幸无消息。

尽日掩朱门，离愁暗断魂。

莺啼芳树暖，燕拂回塘满。

寂寞对屏山，相思醉梦间。

【注释】

五陵：原指西汉皇帝的长陵、安陵、阳陵、茂陵、平陵，此处指富贵家所居的地方。

薄幸：浅薄轻浮，此指薄情郎。

李珣
三十七首

李珣，字德润，晚唐词人。他的祖先是波斯人，居家梓州（今四川三台）。

浣溪沙

其一

入夏偏宜淡薄妆，越罗衣褪郁金黄，翠钿檀注助容光。
相见无言还有恨，几回拚却又思量，月窗香径梦悠扬。

【注释】

郁金黄：指郁金香染成的黄色。

拚却：舍弃，不顾惜。

其二

晚出闲庭看海棠，风流学得内家妆，小钗横戴一枝芳。
镂玉梳斜云鬓腻，缕金衣透雪肌香，暗思何事立残阳。

【注释】

内家妆：皇宫内的装束，宫人的装束。

其三

访旧伤离欲断魂，无因重见玉楼人，六街微雨镂香尘。
早为不逢巫峡梦，那堪虚度锦江春，遇花倾酒莫辞频。

【注释】

玉楼人：华丽楼阁中的美人，此处指所思念的女子。

六街：泛指繁华街市。

早为：已是。

巫峡梦：用楚襄王梦巫山神女的典故。

其四

红藕花香到槛频，可堪闲忆似花人，旧欢如梦绝音尘。

翠叠画屏山隐隐，冷铺纹簟水潾潾，断魂何处一蝉新。

【注释】

似花人：像荷花一样艳丽的人。

水潾潾：此处形容簟席的水纹。

一蝉新：指突然响起了一声蝉鸣。

渔歌子

其一

楚山青，湘水绿，春风淡荡看不足。

草芊芊，花簇簇，渔艇棹歌相续。

信浮沉，无管束，钓回乘月归湾曲。

酒盈樽，云满屋，不见人间荣辱。

【注释】

芊芊：草木茂盛的样子。

信浮沉：听任渔舟自由自在地漂流。比喻人生的升降际遇，听其自然。

其二

　　荻花秋，潇湘夜，橘洲佳景如屏画。

　　碧烟中，明月下，小艇垂纶初罢。

　　水为乡，篷作舍，鱼羹稻饭常餐也。

　　酒盈杯，书满架，名利不将心挂。

【注释】

荻花：草名，多年生草本植物，秋季抽生草黄色扇形圆锥花序，生长在路边或者水边。

橘洲：又名橘子洲，因多橘而名。

垂纶：垂下钓丝。

其三

　　柳垂丝，花满树，莺啼楚岸春山暮。

　　棹轻舟，出深浦，缓唱渔歌归去。

　　罢垂纶，还酌醑，孤村遥指云遮处。

　　下长汀，临浅渡，惊起一行沙鹭。

【注释】

楚岸：楚江之岸。长江濡须口以上到西陵峡，古称楚江。

酌醑：酌美酒。

其四

　　九嶷山，三湘水，芦花时节秋风起。

　　水云间，山月裹，棹月穿云游戏。

　　鼓清琴，倾绿蚁，扁舟自得逍遥志。

　　任东西，无定止，不议人间醒醉。

【注释】

九嶷山：相传舜葬于此。

三湘水：湘水与潇水合流后称为潇湘，再往下流，与资水合流后称为资湘，再往下流，与沅水合流后称为沅湘，总名三湘。此处指湘江流域。

绿蚁：原指酒上浮起绿色泡沫，此处代指酒。

定止：固定的处所。

巫山一段云

其一

　　有客经巫峡，停桡向水湄。

　　楚王曾此梦瑶姬，一梦杳无期。

尘暗珠帘捲，香消翠幄垂。

西风回首不胜悲，暮雨洒空祠。

【注释】

停桡：停桨、停船。

水湄：岸边，水与草相结合处。

空祠：此处指巫山神女祠。

其二

古庙依青嶂，行宫枕碧流。

水声山色锁妆楼，往事思悠悠。

云雨朝还暮，烟花春复秋。

啼猿何必近孤舟，行客自多愁。

【注释】

古庙：此处指巫山神女庙。

青嶂：此处代指巫山十二峰。

行宫：此处特指楚灵王游宴处，俗称细腰宫。

妆楼：指楚王行宫里嫔妃所住的楼阁。

啼猿：巫峡多猿啼声。

临江仙

其一

帘捲池心小阁虚，暂凉闲步徐徐。

芰荷经雨半凋疎，拂堤垂柳，蝉噪夕阳余。

不语低鬟幽思远，玉钗斜坠双鱼。

几回偷看寄来书，离情别恨，相隔欲何如。

【注释】

鬟幽：指抑郁于心的思想感情。

双鱼：钗上的鱼形装饰。

其二

莺报帘前暖日红，玉炉残麝犹浓。

起来闺思尚疎慵，别愁春梦，谁解此情悰。

强整娇姿临宝镜，小池一朵芙蓉。

旧欢无处再寻踪，更堪回顾，屏画九嶷峯。

【注释】

疎慵：疏懒，懒散。

情悰：指情绪。

小池：此处代指镜子。

芙蓉：原指荷花，此处喻指佳人姿容的美丽。

南乡子

其一

烟漠漠，雨凄凄，岸花零落鹧鸪啼。

远客扁舟临野渡，思乡处，潮退水平春色暮。

其二

兰棹举，水纹开，竞携藤笼采莲来。

迥塘深处遥相见，邀同宴，绿酒一卮红上面。

【注释】

一卮：一杯。卮：古代的一种酒器。

其三

归路近，扣舷歌，采真珠处水风多。

曲岸小桥山月过，烟深锁，荳蔻花垂千万朵。

【注释】

真珠：通珍珠。

其四

乘彩舫，过莲塘，棹歌惊起睡鸳鸯。
游女带香偎伴笑，争窈窕，竞折团荷遮晚照。

【注释】

窈窕：美好。

其五

倾绿蚁，泛红螺，闲邀女伴簇笙歌。
避暑信船轻浪里，闲游戏，夹岸荔枝红蘸水。

【注释】

红螺：软体动物名，此处代指酒器。

蘸水：浸入水。

其六

云带雨，浪迎风，钓翁回棹碧湾中。
春酒香熟鲈鱼美，谁同醉？缆却扁舟篷底睡。

【注释】

春酒：指冬季酿制的及春而成的酒。

其七

沙月静，水烟轻，芰荷香裏夜船行。

绿鬟红脸谁家女？遥相顾，缓唱棹歌极浦去。

【注释】

沙月：指洒在沙滩上的月光。

棹歌：以棹击节而歌。

极浦：远浦。

其八

渔市散，渡船稀，越南云树望中微。

行客待潮天欲暮，送春浦，愁听猩猩啼瘴雨。

【注释】

越南：古百越之地。今闽、粤以及越南河内以北之地。

瘴雨：含瘴气的雨。

其九

拢云髻，背犀梳，焦红衫映绿罗裾。

越王台下春风暖，花盈岸，游赏每邀隣女伴。

【注释】

焦红：通蕉红，指用红蕉花染成的深红色。

越王台：西汉南越王赵佗所建筑的台。遗址在今广东越秀山上。

其十

相见处，晚晴天，刺桐花下越台前。

暗裹回眸深属意，遗双翠，骑象背人先过水。

【注释】

属意：心有所属。

骑象：李珣笔下的岭南风光有着神奇的异域色彩。岭南古为百越之地，是百越族居住的地方，远古时就和象结下不解之缘。象崇拜渗透到百越族生活的各个领域。骑象少女是岭南奇异风光与风物人情之美的结合。

女冠子

其一

星高月午，丹桂青松深处。

醮坛开，金磬敲清露，珠幢立翠苔。

步虚声缥缈，想像思徘徊。

晓天归路去，指蓬莱。

【注释】

金磬：古代的一种打击乐器。

珠幢：以珠为装饰的旌旗。

步虚声：指道士诵经的声音。

其二

春山夜静，愁闻洞天疏磬。

玉堂虚，细雾垂珠珮，轻烟曳翠裾。

对花情脉脉，望月步徐徐。

刘阮今何处？绝来书。

【注释】

洞天：道家称仙人所居的地方。

玉堂：仙人所居的地方。

刘阮：用刘晨、阮肇采药遇仙女的典故。

酒泉子

其一

寂寞青楼，风触绣帘珠碎撼。

月朦胧，花暗淡，锁春愁。

寻想往事依稀梦，泪脸露桃红色重。

鬓欹蝉，钗坠凤，思悠悠。

其二

雨渍花零，红散香凋池两岸。

别情遥，春歌断，掩银屏。

孤帆早晚离三楚，闲理钿筝愁几许？

曲中情，弦上语，不堪听。

【注释】

雨渍：雨浸。

三楚：战国时楚国地域辽阔。秦汉时将其故地分为西楚、东楚、南楚，合称三楚。

其三

秋雨联绵，声散败荷丛里。

那堪深夜枕前听，酒初醒。

牵愁惹思更无停，烛暗香凝天欲曙。

细和烟，冷和雨，透帘旌。

其四

秋月婵娟，皎洁碧纱窗外。

照花穿竹冷沉沉，印池心。

凝露滴，砌蛩吟，惊觉谢娘残梦。

夜深斜傍枕前来，影徘徊。

【注释】

秋月婵娟：指月色美好。

影徘徊：指月影徘徊。

望远行

其一

春日迟迟思寂寥，行客关山路遥。

琼窗时听语莺娇，柳丝牵恨一条条。

休晕绣，罢吹箫，貌逐残花暗凋。

同心犹结旧裙腰，忍辜风月度良宵。

【注释】

晕绣：用彩线绣成颜色调和的花纹。

辜：辜负。

其二

露滴幽庭落叶时，愁聚萧娘柳眉。

玉郎一去负佳期，水云迢递雁书迟。

屏半掩，枕斜敧，蜡泪无言对垂。

吟蛩断续漏频移，入窗明月鉴空帏。

【注释】

漏频移：时光一刻刻地在消失。

鉴：照。

空帷：帷帐内无所爱之人，故觉空虚。

菩萨蛮

其一

迴塘风起波纹细，刺桐花里门斜闭。

残日照平芜，双双飞鹧鸪。

征帆何处客，相见还相隔。

不语欲魂消，望中烟水遥。

【注释】

平芜：指杂草繁茂的原野。

相隔：指情意不通。

其二

等闲将度三春景，帘垂碧砌参差影。

曲槛日初斜，杜鹃啼落花。

恨君容易处，又话潇湘去。

凝思倚屏山，泪流红脸斑。

【注释】

等闲：平常，随便。

三春：农历正月称为孟春，二月称为仲春，三月称为季春，合称三春。

容易：草率，轻易。

潇湘：泛指湖南湘江流域。

其三

隔帘微雨双飞燕，砌花零落红深浅。

捻得宝筝调，心随征棹遥。

楚天云外路，动便经年去。

香断画屏深，旧欢何处寻。

【注释】

征棹：征人的船。

楚天云外：古代楚国地域以外，意在指说明路途遥远。

动：不觉，不经意。

西溪子

金缕翠钿浮动，妆罢小窗圆梦。

日高时，春已老，人来到，满地落花慵扫。

无语倚屏风，泣残红。

【注释】

圆梦：解说梦中事，从而附会人事，推测吉凶。

虞美人

金笼莺报天将曙，惊起分飞处。

夜来潜与玉郎期，多情不觉酒醒迟，失归期。

映花避月遥相送，腻髻偏垂凤。

却回娇步入香闺，倚屏无语撚云篦，翠眉低。

【注释】

潜：暗地里。

垂凤：指凤钗。

失归期：将回去的时间耽误了。

河 传

其一

去去，何处？迢迢巴楚，山水相连。

朝云暮雨，依旧十二峯前，猿声到客船。

愁肠岂异丁香结？因离别，故国音书绝。

想佳人花下，对明月春风，恨应同。

【注释】

迢迢巴楚：指巴山楚水，相隔遥远。

其二

春暮，微雨。送君南浦，愁敛双蛾。

落花深处，啼鸟似逐离歌，粉檀珠泪和。

临流更把同心结，情哽咽，后会何时节？

不堪回首，相望已隔汀洲，舻声幽。

【注释】

送君南浦：江淹《别赋》："送君南浦，伤如之何？"南浦泛指送别之地。

粉檀：指傅面涂唇的化妆品。

舻声幽：指摇橹之声已渐幽微，意在说明船已经远去了。